地下室の令嬢

ベティ・ニールズ
江口美子 訳

DEAREST LOVE

by Betty Neels

Published by Harlequin Japan,
a Division of K.K. HarperCollins Japan, 2020

ベティ・ニールズ

イギリス南西部デボン州で子供時代と青春時代を過ごした後、看護師と助産師の教育を受けた。戦争中に従軍看護師として働いていたとき、オランダ人男性と知り合って結婚。以後14年間、夫の故郷オランダに住み、病院で働いた。イギリスに戻って仕事を退いた後、よいロマンス小説がないと嘆く女性の声を地元の図書館で耳にし、執筆を決意した。1969年『赤毛のアデレイド』を発表して作家活動に入る。穏やかで静かな、優しい作風が多くのファンを魅了した。2001年6月、惜しまれつつ永眠。

◆主要登場人物

アラベラ・ロリマ……………管理人兼ハウスキーパー。
タイタス・タヴェナー…………医師。
ミセス・タヴェナー……………タイタスの祖母。
ジェラルディーン・ダルズマ……タイタスの友人。医師。
ジェームズ・マーシャル………タイタスの仕事のパートナー。医師。
バター夫妻………………………タイタスの荘園の使用人夫妻。

1

拝啓
今週の『レディー』誌に募集広告された管理人兼ハウスキーパーの職に、応募いたします。
私は二十七歳、扶養者はなく独身です。洗濯、アイロンかけ、掃除、料理をして数年間家事をした経験があり、コックとしての腕も持っております。簡単な電気と給配水装置の故障は修理できますし、伝言の取り扱いと電話の応対もいたします。
私の猫を一緒に連れていきたいと存じます。

敬具
アラベラ・ロリマー

ロンドンのウィグモア通りにある摂政期様式の建物で、年配の医師が最後に読んだのはその手紙だった。彼はもう一度読み返すと、笑いながら目の前の手紙の束の上に置いた。

十二人の応募者の中で身元証明書を同封し、読みやすい書き方をし、必要な事実を全部述べたのはアラベラ・ロリマーだけだ。彼女が男性でないことが残念に思える……。

再び手紙に目を通していると、タイタス・タヴェナー医師がゆっくりと入ってきた。彼は長身で肩幅が広く、がっちりした体をしている。高い鼻にきりっとした口元と、やや冷ややかなブルーの目のハンサムな男性だ。かつて明るい色だった髪が今はごま塩になっているが、それでも四十歳には見えない。

頭のはげかかったずんぐりむっくりのジェームス・マーシャル医師は、うれしそうにパートナーを迎えた。「君を待っていたよ。管理人の職に応募してきた人たちの手紙を読んでいたんだ。ぼくはだれを雇うか決めたが、君も読んで意見を言ってくれないか？　ぼくの選択は変えないつもりだけどね」

タヴェナー医師は腰を下ろして手紙の束を取り上げ、一枚一枚読んでからきちんとまとめ直した。

「元バスの運転手……でも、ぜん息持ちだそうだが。またはこのミセス・バドラーだな。だけど彼女は玄関のドアを開けに出てくるタイプだろうか？　面白いのはミス・アラベラ・ロリマーと猫だね。この仕事には全然向かないと思うが」

「なぜだい？」

「不遇な未婚女性に決まっているし、それほどの能力の持ち主とは思えないな。詰まった下水管や飛んだヒューズの取り替えを、彼女の手に任せる気にはなれないよ」

マーシャル医師は声をあげて笑った。「タイタス、手遅れになる前に君を手こずらせるような女性が現れてくれないものかな」

タヴェナー医師は微笑した。「そんな可能性はなさそうだ。ぼくはミス・ロリマーにひどい評価を与えてしまったかな？　実際は大工道具をたずさえたたくましい女性なのかもしれないね」

「いずれわかるよ。ぼくは彼女に決めたんだ」

タヴェナー医師は、窓際まで歩いていって静かな町並みをながめた。「いいだろう。ミセス・レーンはほっとしてここを出ていくに違いない。関節炎がいっこうによくならなくて、娘と一緒に暮らすのを楽しみにしているようだから。ミセス・レーンは自分の家具は持っていくんだろうね？　あの部屋に新しく家具を入れるべきかな？」

「ミス・ロリマーに荷物があるかどうかによるね」マーシャル医師は椅子を後ろへずらした。「明日は忙しくなるよ。だから夕方の五時に面接に来られるか彼女にきいてみよう。君はそれまでに戻れるかい？」

「だめだろうな。クリニックには患者があふれているし、ぼくは夕食の約束があるんだ」

タヴェナー医師はパートナーに目をやってからドアの方へ向かった。「君はいい人を選んだと思うよ、ジェームス。ぼくはこれから書類の整理だ。ミス・ベアードはもう帰そうか？　君も帰るんだろう？　ぼくはあと一時間は残るよ。じゃまた明日」

タヴェナー医師は受付係のミス・ベアードににこやかにあいさつして待合室を通り過ぎた。廊下を抜け、地下室への階段をやり過ごして、自分のオフィスへ向かう。そこには小さな待合室と診察室があり、看護婦はそこで仕事をする。彼専用の小さな部屋は裏庭に面していた。その庭は狭いが手入れがよく行き届き、初秋の花が鮮やかに咲いている。彼はそこへちらっと目をやってから、患者のカルテを手元に引き寄せた。

マーシャル医師はミス・アラベラ・ロリマーの手紙を再読してからミス・ベアードを呼んだ。「特別配達人に頼んで、この女性に明日の午後五時にここへ来るようにと伝えてくれないか。あいにく彼女の家には電話がないようだから」そう言うと、立ち上がってデスクの上の明かりを消した。「わたしは帰るよ、ミス・ベアード。君は帰る前に、タヴェナー先生がまだ仕事中かどうか確かめてもらいたい」彼はにこやかに言った。「この伝言がすみしだい、君も帰りたまえ」

それからマーシャル医師は、妻子のいる自分の家に帰っていった。しばらくたってから、タヴェナー医師はロールスロイスを運転してリトル・ヴェニスの運河を見下ろす自宅へ帰った。

キッチンに座ったアラベラは、マーシャル医師のやや独創的な手紙を読んだところだった。

た。じめじめした小さなキッチンからは生気のない草地と壊れた垣根しか見えないが、ほかの部屋よりここのほうがずっと居心地がいい。この家の女主人が大事にしている品々がそこここに置いてあるので、猫のパーシーが家具を傷つけたりしたら大変だからだ。村の郵便配達人のビリー・ウェストレークが話をつけてくれて、アラベラは職と住居を見つけるまで二、三日ここに置いてもらえることになり、ありがたいと思っていた。

コルピン・カム・ウィザムを去るのはつらかったけれど、ほかに方法がなかったのだ。両親が交通事故で亡くなったあと、家屋敷は抵当に入っていて現金もほとんどないことがわかった。そこでアラベラは必要な家具以外のすべてを売却し、パーシーを連れてロンドンへ移ったのだ。村の近辺で就職できる見込みは皆無だったし、遠縁の伯母や伯父はアドバイスするだけで助けの手を伸ばしてはくれなかった。ロンドンに住みたくはなかったが、ビリーが言ったように、この都会なら何か仕事があるに違いない。家庭での下働き以外に、自分にできる仕事はないことが間もなくわかった。コックとしての腕は持っているが、今まで働く必要がなかったので人のために使った経験がない。でも雇主が要求するのは経験なのだ。

アラベラは簡潔な手紙を読み直した。家主のミス・ピムにパーシーともども追い出されそうなので、困り果てて応募したのだった。二、三日という約束で置いてもらったのに、もう一週間もここにいる。収入になるのは結構だけれど、一人暮らしに慣れているので他人に住み込まれることはうれしくない、とミス・ピムに言われた。

アラベラは期待をかけすぎないように努めながらも、その職に付随している地下室を思い浮かべた。自分の持ち物を入れて飾ろう。運よく裏庭がついていたら、パーシーが自由に外気に当たれるかもしれない。アラベラはパーシーを従えて二階の小さな寝室へ入り、数少ない手持ちの衣類を調べた。適切な身なりをしていくことが大切だ。

ウィグモア通りには約束の時間より二分早く着いた。ミス・ベアードに導かれてマーシャル医師の診察室に入ると、時計が五時を告げて鳴った。

マーシャル医師はデスクの向こうに座っていたが、ペンを置き、眼鏡越しにアラベラを見てから言った。「ミス・ロリマー？　座ってください。実を言うと、もう少し……頑丈な人を期待していたんだが……」

アラベラはすなおに腰を下ろした。小柄で、女らしい体つき、茶色っぽい髪が頭のてっぺんにヘアピンでまとめてある。平凡な顔立ちだが、大きなグレーの目は濃いまつげに囲まれていた。管理人とはおよそ程遠い感じなので、マーシャル医師は内心おかしく思いながら、彼女を早くタイタス・タヴェナーに見せたいと思った。

マーシャル医師は優しい口調で言った。「あなたの手紙を興味深く拝見しましたが、今までどんな仕事をしていたか話してほしいんです」

「実は働いた経験はないんです。母は体が弱く、父は仕事の都合で留守がちだったので、わたしはずっとうちで家事と簡単な修理をしてきました」

「で、この職につきたい理由は?」

「両親が最近交通事故で亡くなり、家を手放すことになりました。ウィルトシャー南部のコルピン・カム・ウィザムに住んでいたのですが、資格なしではなかなか就職口がありません。住むところが必要なので、住み込みの家事の仕事にたずさわるのが解決法だと思いまして……。数箇所に応募しましたけれど、パーシーのせいで断られました」

「パーシー?」

「わたしの猫です」

「ああ、猫はいても構わないよ。あなたの部屋から出ないかぎりね。もちろん庭は使ってもよろしい。しかし、あなたにここの仕事ができるかな? わたしの部屋と受付と待合室、廊下と階段、それにわたしのパートナーのオフィスの掃除。玄関の真鍮《しんちゅう》のドアを全部みがいて、ごみを捨て、夜かけた鍵《かぎ》を朝になったら開けるわけだが……。あなたは神経質なたちですか?」

「いいえ、そうは思いませんけど」

「それは結構。ああそれから、だれもいないときには、電話の応対や使い走りや、伝言の受けつけもしてもらいたい。少し負担が重すぎるかな?」

「とんでもない、マーシャル先生。喜んで勤めさせていただきます」

「一カ月試してみることにしたらどうだろう？　間もなく退職するミセス・レーンが、今部屋にいるはずだ。ミス・ベアードについていって紹介してもらうといい。それからまたここへ戻ってくれたら、最終的な取り決めができる」

地下室は予想とは少し違った。広々していて、柵《さく》付きの窓からは通行人の足が見える。反対側の窓は小さいけれど開けることができそうだ。その横の、鍵やかんぬきや鎖がたくさんかけられたドアの先には庭があった。もう一方のドアは、狭い廊下と階段と重厚な扉とにつながっている。階段の横にあるのは小さなキッチンとシャワー室だ。

ミセス・レーンが先に立って案内してくれた。「もちろん、わたしの家財道具は持って出るわよ。娘のところへ行くつもりなの。一部屋わたしにくれると言ってるから」

「わたし、家具は多少持ってますから」アラベラはそつなく言った。「あなたと同じように、ここを快適な住居にできるといいんですけど」

ミセス・レーンが鼻高々に言う。「わたしにはプライドがあるせいよ。あんたは小柄だし、ずいぶん若いじゃない」

「でも力はあるし、家事には慣れています。あの、いつ引っ越しなさるんですか、ミセス・レーン？」

「あんたが来てくれしだいすぐに。ここで満足はしてたけど、年を取ると階段はつらいわ。

ボスが女の子を雇ってドアを開けさせる仕事は任せてくれたから、少し楽になったんだけどね。でも、あの子はもういらなくなるわ」

マーシャル医師のところへ戻ったアラベラは、椅子をすすめられて腰を下ろした。

「さて、ここに勤める気になったかな?」

「はい、お気に入るように全力を尽くします」

「それは結構。ミセス・レーンと相談してから、いつ来られるか知らせてもらいたい。彼女の出発とあなたの到着との間に、隙間《すきま》ができないように」

アラベラは外へ出て公衆電話を見つけ、シャーボーンの倉庫に連絡して、家具をロンドンへ届けさせる手続きをした。幸いロンドンへ配達予定の便があるので、アラベラの小さい荷物も一緒に載せてくれるそうだ。その足で地下室へ行き、ミセス・レーンに説明した。

「もしわたしが明後日の朝来てあなたが午後出発したら、ここの日課に差し支えなく交替ができるでしょうか?」

「できるわよ。わたしの娘婿にバンで来てもらって、あんたが着きしだいわたしは引きあげるわね」

「それじゃ、マーシャル先生に知らせてきます」

「それがいいわ。わたしからも先生にそう言うけど……どうせお給料のことで会わなきゃならないの」

ミス・ピムの家に戻ったアラベラは、二日後に出ていくことを話し、近くで買ったフィッシュ・アンド・チップスで夕食をすませた。着替えてベッドに入るとき、パーシーにもうすぐ自分の家に住めるのだと説明してやった。パーシーはおとなしい猫だが、ずっと広々した庭のある大きな家に住んでいたので、ミス・ピムのところは気に入っていない。しかしその夜は、アラベラの狭いベッドの端に体を丸めてすぐに眠りに落ちた。明るい将来が待っていることを、本能的に感じ取ったのだ。

アラベラが帰ったあと、しばらく何もせずにデスクについていたマーシャル医師は、ゆかいそうに笑いながら、入ってきたミス・ベアードにきいた。「さて、あの新しい管理人をどう思う?」

ミス・ベアードは慎重な顔つきで言った。「とてもいい娘さんですね、先生。でも、労働に耐えられる人だとよろしいけれど」

「彼女は有能で働き者だそうだよ。三日後から働き始めると言っている。タヴェナー先生が彼女に初めて会うとき、わたしも居合わせるつもりだ」

翌朝マーシャル医師は、ある患者の困難な病状についてパートナーと話し合ったときに、新しい管理人を雇ったことに初めて触れた。「二日後に仕事に取りかかるそうだよ……猫と一緒に」

タヴェナー医師は笑った。「彼女が適任者だと確認したわけだね？　ドアの開け閉めとくずかごの処理を今までより手早くやってくれるといいけどな」

「ああ、してくれるとも」マーシャル医師は抜け目なくつけ加えた。「彼女は若いんだから」

「きちんと働いてくれさえすればいいよ」手に持った覚書のほうに気を取られていたタヴェナー医師は、興味なさそうに言った。


家具が届かなかったり、間際になってパーシーが姿をくらましたり、マーシャル医師の気が変わったりしないかと思ってひやひやしていたにもかかわらず、アラベラは数少ない私物と猫を、つつがなくウィグモア通りの地下室へ移動させた。空っぽのときには薄汚く見えたアパートが、床と窓をきれいにし、暗い隅々から蜘蛛《くも》の巣を取り除くと、見違えるようだった。運搬人に手伝ってもらって一角にベッドを置き、裏窓の下にテーブルと椅子を、そしてそのほかのものは壁沿いにきちんと置いた。仕事は明日の朝から始まる。ミセス・レーンが書いてくれた職務内容のリストを何度も読み返してから、ベッド・メーキングをし、パーシーを段ボール箱に入れてやり、腕まくりをした。

お湯は充分にある。階段の横の戸棚に、ミセス・レーンが残していった各種のモップやブラシがあった。ここが自分とパーシーの家になるのだと思うと、できるだけ住みやすくする決心でまた掃除に着手した。夜になるころには、こすって掃いてみがいた結果に満足することができた。

きれいになった調理台で豆とトーストと卵の夕食を作り、パーシーにえさを与えた。夕食後には満足してお茶を飲みながら、必要品のリストを作った。長いリストではないが、給料日ごとに少しずつ買いそろえていくより仕方がない。このやや不明瞭《ふめいりょう》な計算によると、すべてが手に入るのはクリスマスごろになるだろう。しかしそんなことは気にならない。不便だったここ数カ月のことを考えると、充分だ。

食器を洗ってから、パーシーを抱いて裏のドアを開けた。庭は高いれんがの壁に囲まれ、花壇もあって、かなり広い芝生もある。芝生の上に下ろされたパーシーは、最初は注意深く、それからうれしそうに辺りを探検し始めた。ミス・ピムの小さな庭に比べると、ここは天国だ。

疲れてはいたけれど、幸せな気持でアラベラは小さな丸木椅子に腰かけた。今日はいい天気だったが徐々にひんやりし、色鮮やかな庭に闇《やみ》が迫ってきている。しばらくしてアラベラはパーシーを抱き上げて建物の中へ戻った。ミセス・レーンの指示どおりに階段を上がり、各部屋を調べて回った。窓に鍵をかけ、ドアに鍵を下ろし、きちんと明かりを消さなければならない。上の階には神経科医の夫妻が住んでいるらしい。引退はしたけれど、ときどき診察するのだそうだ。別にドアがついているので、ここは全然関係ないから顔を合わせることもないとミセス・レーンが言っていた。

しかしまったくの空き家ではないと思うと安心だ。明朝どこに何があるかわかるように、すべてに目を配りながらゆっくりと戸締まりをした。コック栓、消火器、ガスと電気のメーターの場所も見つけた。金づち、くぎ、予備の電球、スパナー、接着テープなどを入れた箱が、小さな戸棚に隠れるように置かれていた。そこには長い間だれも近づかなかったようだ。プランジャーの購入を頼むことにしよう。流しが詰まると、病院ではみんなが手を洗いどおしだから厄介なことになる。すべて確認してから自分の部屋へ戻り、シャワーを浴びてベッドに入ると、パーシーも上がってきて足元に身を落ち着けた。

翌朝は早起きして室内を整頓《せいとん》し、ベッド・メーキングをすませて、えさを食べたパーシーを庭へ連れ出した。簡単な朝食をとったあと、新しいナイロン製のオーバーオールを着て階上へ行った。

掃除機、みがき材料、はたきなど、必要な用具はすべてそろっていた。窓を開け、くずかごの中身を捨て、椅子を真っすぐにし、雑誌を並べ直し、玄関のノッカーをみがく。きれいになったが少々殺風景だったので、庭へ出てうらぎくとダリアと薔薇《ばら》を持ち帰り、花瓶を見つけて生けた。診察室二つと待合室にそれを置くととてもいい感じになったが、もう一つの待合室を忘れていたことに気づいた。再び庭へ戻って今度はアスターを摘み、深い器に盛り入れてから雑誌を並べたテーブルの上に置いた。

マーシャル医師のパートナーにはまだ会っていない。あの先生と同じくらい優しい人だといいけれど……。そんなことを思いながら地下室に戻って身づくろいをした。髪をきちんとなでつけたとき、呼び鈴が鳴ったので応対に出ると、マーシャル医師の看護婦だった。彼女はジョイス・ピアスと名乗って自己紹介をした。

「あなたが新しい管理人？　まあ、ちょっと意外だわ。ここの仕事、気に入るかしら？」

「大丈夫です。住み込むことができるし、わたし家事は嫌いじゃないので」

ドアを閉めていると、もう一人の看護婦が到着した。小柄で髪が黒く、とてもかわいらしい。

「管理人ですって？」と、眉を上げた。「マーシャル先生は、いったいどういうつもりなのかしら？　わたしはマッジ・シモンズよ。タヴェナー先生付きの看護婦なの」やや冷やかに言う。「さあ、ジョイス、お茶を飲む時間はあるわよね」

最初の患者は九時まで来ないはずなので、アラベラは階下へ駆け下りた。シーツやテーブルクロスやカーテンを入れた荷物がまだ包装されたままだ。できるだけ早くネット地を手に入れ、正面の窓にかけてあのたくさんの足を見えなくしたい……。

九時十五分前に再び階上へ行った。人声は聞こえるが看護婦たちの姿は見えない。廊下でためらっていると、ドアが開いたので向き直った。入ってきた大きな体格の男性は上品でハンサムだった。マーシャル医師のパートナーに違いない。

「おやおや、君が管理人か！」彼がそう言って笑ったのでアラベラはどぎまぎした。笑われたことが気に障る。冷ややかに朝のあいさつをしてから地下の部屋に戻り、静かにドアを閉めた。そして、「彼は堂々とした男性だけど、とても失礼なのよ」とパーシーに話した。

また玄関の呼び鈴が鳴ったので、階上へ行って最初の患者を招き入れた。それから先一時間余りの間、階段を十数回上がり下りした。するとミス・ベアードが現れて、マーシャル医師が呼んでいると伝えた。

マーシャル医師は、眼鏡越しにアラベラを見た。「おはよう、ミス・ロリマー。あの花はどこから？」

その質問にアラベラはびっくりした。「お庭からです。花壇の奥のほうから取りましたけど……」

「いい考えだ。ここには慣れたかな？」

「はい、先生。おかげさまで」

「わたしたちが帰ったあと何をするべきかは、ミス・ベアードが説明すると思う。たまにぼくたちが夜まで仕事をすることもあるが、めったにないことだ。この近くのどこにどんな店があるか、ミセス・レーンから聞いたかね？」

「いいえ。でも自分で見つけます」

マーシャル医師がうなずいたとき、ドアが開いてタヴェナー医師が入ってきた。「ああ、こちらがわたしのパートナーのドクター・タヴェナー。こちらは新しい管理人だ」

「もうお目にかかりました」アラベラは冷ややかに言った。「ご用はそれだけでしょうか、先生?」

するとタヴェナー医師が言った。「君に謝らなきゃならないな、ミス……」

「ロリマーです」

「ミス・ロリマー。ぼくの態度はとても失礼だった。だが、君を笑い物にしたわけじゃないんだ」

「どちらでもいいことですわ」アラベラは美しい瞳で彼をにらんでから、マーシャル医師を見た。

「ああ、もう行ってもよろしい、ミス・ロリマー。何か必要なものがあったら知らせるように」

アラベラは、ドアのところで足を止めた。「プランジャーが欲しいんですけど」

マーシャル医師が不審げに見返した。

「流しや下水が詰まったとき使います。高価なものではありませんわ」

タヴェナー医師は表情をまったく変えずに落ち着き払って尋ねた。「今、流しが詰まっているわけかい、ミス・ロリマー?」

「いいえ。でも用意してないときにかぎって詰まりやすいので一本あると便利ですから」マーシャル医師が言う。「ああ、そうだな。それが賢明だ。今までは配管工を呼んでいたんだが」

「いつも配管工が必要だとはかぎりませんわ」

「帰りがけにミス・ベアードに頼んだらいい」

アラベラが立ち去ったあと、タヴェナー医師はドアを閉めて腰を下ろした。「模範女性か。おまけにプランジャーつきだ！　彼女の身元について何かわかっていることはあるかい、ジェームス？」

「ウィルトシャーのコルピン・カム・ウィザムというところの出身だそうだ。両親が交通事故で亡くなったあと、何かの理由で家を出なきゃならなくなったらしいが、経済的に困っているらしい。でも地元の牧師と医師から、立派な紹介状が来ているよ。だから一カ月間、試験的に雇ってみることにしたんだ」そこで、彼はほほ笑んだ。「君の部屋にも花が届いているかい？」

「ああ。新任者は仕事熱心、ということわざを忘れないようにしようじゃないか」

「君は彼女が嫌いかい？」

「ジェームス、知りもしない人に関して意見を持つことはできないよ」彼は立ち上がって窓辺に寄り、外をながめた。「ぼくはリースからバーミンガムへ行ってこようかと思っている。ミス・ベアードが診察予定を組み直してくれたから、二日間自由になったんだ」

マーシャル医師はうなずいた。「それはいいな。ぼくはオスローでのあのゼミナールにはあまり興味を感じないんだが、君は行くつもりかい？」

「もちろん」彼は腕時計を見た。「二週間先のことだろう？　飛行機で行ったら三日しか休診にしなくていいよ。ぼくはしばらく仕事だ。『ランセット』誌のための記事を書き上げなきゃならないんだ。ところで、今夜患者が二人来る予定なんだよ」

アラベラは自分の部屋へ戻って食事をし、パーシーにえさをやってから一緒に庭へ出た。タヴェナー医師が窓際のデスクについていることには気づいていなかった。彼はアラベラを観察し、パーシーのきれいなグレーの毛並みを感心してながめていた。

細い横道を歩いていって五分もかからないところに、小さな店が数軒あると、ミス・ベアードが親切に教えてくれた。アラベラはジャケットを身につけ、買い物用のバスケットを持って出かけた。新聞店と八百屋と雑貨店が、大きな住宅の並ぶ静かな街路の陰に隠れている。必需品を買うにはここで充分だ。新聞と二日分の食料品を買い込んで、ウィグモア通りへ戻った。土曜の午後、リストにしてある品々の一部を買いに行こう。ミス・ベアードの話だと、給料は週締めで支払われるそうだ。不安定な将来のために貯金をするべきだが、快適に過ごすために必要なものがいくつかある。

最初の一週間はたちまち過ぎ、週末が来るころには仕事に慣れていた。看護婦たちにはときどき、マーシャル医師にはたまに会うだけだ。彼のパートナーはまったく姿を見せない。ミス・ベアードのところへ給料をもらいに行ったとき、タヴェナー医師は月曜に戻る予定だと、看護婦の一人が言っているのが聞こえた。「よかったわ。予約がいっぱい入っているんですもの。でも二週間後には、オスローでのゼミナールにまたお出かけよ」「恋をする暇もなしね」もう一人の看護婦が笑う。

アラベラはポケットに入れた給料袋の重みを快く感じながら、タヴェナー医師が再び留守になると聞いてほっとした。なぜかわからないが、なるべく彼に会わないように努めてきた。彼のいないここ二日間は、気楽な気分で過ごせたのだ。

「彼があまりにも大きい人だからなの」とパーシーに言ってから、アラベラは給料袋の中身を数えた。

両親が生きていたときにはなんの心配もない安楽な生活を送っていた。甘やかされたわけではないが、必要なものや欲しいものはいつでも買ってもらえた。でも、今手にしたのはアラベラにとっては大金だ。慎重に使う計画を立てなければ。新しい衣類の購入は今のところ無理だ。手持ちの服は数は少ないけれど質はいいし、これで充分間に合う。アラベラは紙とペンを取り出してリストをチェックした。

土曜の午前中の診察が終わると、後片づけに一時までかかった。それから戸締まりをし、留守番電話をセットして、コーヒーカップを洗い、ガスと電気を調べた。そのあと急いで昼食をすませてパーシーの世話をしてから、茶色のジャージーのスカートと対のチェックのジャケットに着替えた。疲れた足にイタリア製のローヒールを突っかける。幸せだった昔、母と一緒に出かけて買ったものだ。でもアラベラは、以前のことはあまり思い出さないように努めていた。肩にかけたショルダーバッグを揺らしながら、トッテナム・コート街へ行くバスに乗った。

荷物にはいくつかの宝物が入っている。切ったら地下室の窓に合うしクッションカバーにもできるカーテン、陶器やキッチン用品、時計、ラジオ、書籍。そしていちばん下には小さな薄手の敷物だ。あれはガス暖炉の前に置いたらすてきだろう。

針と糸、ネット地のカーテン、はさみ、タオル、それにシャンプーとせっけんを買った。値段の安い店を探し回っているうちに、望みどおりのものが見つかった。床に敷く薄いマットは、運びにくそうだが買う価値はあった。淡いアプリコット色のペンキの缶にブラシも加えて買った。アラベラはかさばった荷物をかかえてバスでウィグモア通りへ帰った。

地下室に戻ると、古びたスカートとセーターに着替えてパーシーと庭へ出た。外はすでにたそがれている。階上の部屋に明かりはついていない。建物は静かでがらんとし、寒い風が吹いてきた。パーシーは風が嫌いなので、あたふたと屋内へ戻ってしまった。アラベラはドアに鍵とかんぬきをかけてから夕食を作りにかかった。パーシーにもえさを与え、食事を食べ終わって後片づけもすんでしまうと、階上へ行って何もかも整然となっているか確かめた。

再び地下室に戻ってマットを敷き始めた。泥のような色をした床をほとんどおおい隠すと、薄暗い部屋の雰囲気が変わった。テーブルの上に鮮やかな赤いクロスをかけると、辺りはいっそう明るくなった。カーテンも同じく赤だ。今夜はもう遅くて取りかかれないが、少なくともネットをカーテンに仕立てることはできる。いつもの就寝時間になって、ようやくでき上がった。上部に針金を通して、窓枠に小さなくぎをいくつか打ちつけてそこにぶら下げると、アラベラは満足して床についた。

夜中に目を覚ますと、一瞬自分がどこにいるのかわからなかった。急に悲しみと孤独感に圧倒され、泣きながら再び眠りに落ちた。朝になって目覚めると、パーシーが胸の上に座っていた。アラベラの顔をのぞき込んでいる。アラベラは自己憐憫《れんびん》にひたっている間もなく体を起こした。壁にペンキを塗り、もし時間があったらカーテン作りに取りかからなければ……。

「わたしたちには住むところがあるわ」着替えをしながらパーシーに話しかける。「ポケットにはお金が入っているし、やりがいのある職にもつけたのよ。今日はいいお天気だから庭へ出ましょう」

外の空気はやや肌寒かった。日曜の朝だから辺りはしんとしている。これから先したいことや行きたいところを頭に浮かべて、アラベラは浮き浮きしながら朝食をとった。

そして、変色した味けない壁を夕方までに塗り直した。淡いアプリコット色の明るさと温かみのせいで、部屋がすっかり変わったように見える。大いに満足しながら夕食をすませたが、においがあまりに強いので、寒いにもかかわらず庭に面したドアを開けたまま、カーテンを裁断することに熱中した。はさみを構えながら、この次の給料で何を買おうかと計画を立ててみる。ベッドカバー、電気スタンド、絵を数枚……きりがないわ！

2

翌朝、病院に到着したタイタス・タヴェナーは、ネットのカーテンを見て微笑した。かつてミセス・レーンは、行き来する人々の足をながめると心が安らぐと言ったことがある。だが、今度の管理人は窓から見えるそんな景色は嫌いらしい。

デスクの上には新鮮な花が置かれ、床にはちり一つ見当たらない。くずかごは空っぽだし、ガスの暖炉にはすでに火が入っている。タイタスは腰を下ろして最初の患者のカルテを見ながら、この申し分ない状態がいつまでも続くといいがと思った。彼女はここにはふさわしくない。いずれこの仕事を扱いきれなくなるか、またはもっとふさわしい職を見つけることになるだろう。

だがそんなふうに思われているとはつゆ知らず、アラベラはきびきびと仕事にいそしんでいた。ミス・ベアードは着くなり朗らかに朝のあいさつをし、看護婦たちもドアを開けるとにっこりしてくれる。そのあと患者たちのためにドアを開けたり閉めたりした。小柄であまりぱっとしないから、だれもろくに注意を払ってくれず、ほとんど無視されたけれど。

今日は昼休み中に買い物に行く必要はなかった。牛乳屋が牛乳を置いていったし、パンを作る材料はそろっている。こねたパン種がガスの火の上でふくらむ間に、アラベラはカーテンを作り始めた。裁縫も料理と同様に巧みにこなすことができる。午後の患者が来るまでにカーテンは完成した。みんなが帰ったあとで窓にかけよう。

五時半ごろには辺りが静かになった。最後の患者が帰ると間もなく、看護婦たち、そしてミス・ベアードが帰っていった。マーシャル医師はすでに出ていったし、タヴェナー医師ももういないだろう。後片づけと戸締まりに一時間はかかるから、その前にカーテンをかけてしまおう。

かなりよくできた。生家のダイニングルームにかかっていた総裏つきの重厚なブロケードだから、縫うべきところは少なかった。不快に思っていた柵《さく》をカーテンで隠し、階上を片づけに行った。

ビニール袋の中へ、まずくずかごの中身を投げ込んだ。それは絶対忘れないようにとミス・ベアードに念を押されていた。歩き回って待合室の椅子のクッションをはたき、明かりを消し、雑誌を拾い上げてテーブルに戻した。最後にタヴェナー医師のオフィスへ行くと、明かりがついていたのでアラベラはびっくりした。

彼はデスクについたまま目を上げずに言った。「またあとで来てもらいたい、ミス・ロリマー。ぼくはまだ一時間はここで仕事をするつもりだから」

アラベラは無言で地下室へ戻り、夕食の支度を始めた。パーシーは満腹状態で暖炉の前に座っている。パンをオーブンに入れ、チーズのスフレを作ると、テーブルにクロスをかけ、庭で摘んだ花を入れた小さな花瓶を真ん中に置いた。家を手放したとき、ナイフにスプーンにフォーク、それにお皿を数枚、銀器、祖母のコールポート磁器、銀の塩とこしょう入れ、ウースターのティーポットは持ち出すことを許された。銀のポットも欲しかったが、そこまでは言えなかった。しかしウォーターフォードのクリスタルの水さしと、ワイングラス二個は持ってきた。

スフレを食べ、りんごをかじり、コーヒーをいれて、パンをオーブンから取り出した。かれこれ二時間が過ぎたので、再びオーバーオールを着て階上へ行くと、タヴェナー医師がオフィスから出てきたところだった。

彼はアラベラを見て足を止めた。「何かおいしそうなにおいがするな……」

「パンを焼いていました」アラベラはそっけなく言った。彼が早く帰ってくれたら、仕事をすませることができるのに。

「ああ、そうか。でもペンキのにおいもするね。いや、あわてることはないよ。かすかににおうだけだから、だれも気がつかなかったに違いない」彼はじっとアラベラを見下ろした。「ここに一人でいても怖くはない?」

「ええ、先生」

タヴェナー医師が出ていくと、アラベラはドアを閉め、かんぬきと鍵《かぎ》をしっかりかけた。

タイタス・タヴェナーは歩道で足を止め、地下室の窓を見下ろした。カーテンが閉まっているので明かりがかすかにもれてるだけだ。彼は眉をひそめた。あの娘に興味はないが、こんなみすぼらしい地下室での生活はどうも感心できない。ただしこの職を選んだのは彼女自身なのだ……。彼はそう思って、肩をすくめた。

一週間が過ぎた。診療時間の間は、アラベラはほとんどだれとも顔を合わせないようになった。ある夜ミス・ベアードのデスクの上を整理していると、翌日の患者のリストが目に入り、やってくる時間がそれでわかるようになった。今では毎夕リストを調べることにしている。患者がすべて朝早く来るわけではない。十時過ぎまでだれも現れないこともあるのだ。そうすると自分の部屋を掃除して、静かに一人でコーヒーを飲むことができる。このきちんと秩序だった生活は、面白いとは言えなくても困難ではない。部屋がだいたい自分の思いどおりに整ってきたから、日曜日には公園で過ごすつもりだ。田舎が懐かしい。どんなことがあっても、必ずいつの日かロンドンを去って故郷に帰るのだ。しかし田舎で仕事を見つける前に、まず貯金をしなければならない。

「いつか田舎へ帰るわよ。約束するわ」アラベラはパーシーに言った。「でもしばらくはここにいなくてはならないの。お金がたまって安心できるまで」

月曜日の朝はマーシャル医師だけが現れた。タヴェナー医師は昼食のあとで来る、とミス・ベアードが言った。彼は近くの病院でも、外来患者の診察を受け持っているそうだ。

「ここの患者さんの数もかなり多いから、夕方までに診察が終わらないかもしれないわ」と彼女は警告した。「先生は独身だしほかに責務がないから、遅くなっても平気なの」そして親切につけ加えた。「あなた、買い物に行きたかったら、わたしが電話とドアの番をしてるわよ」

「ありがとうございます。野菜だけ買いに行ってきてもいいですか？　十五分以内に戻りますから」

「急ぐことはないわ。あなたは自分できちんと食事を作っているのね？」

「ええ、夜は暇ですもの」

今朝は曇っていて、まだ十月にならないのにひんやりと寒かった。アラベラは小さな商店街へ急ぎ、玉ねぎとかぶとにんじんを注意深く選んだ。そして肉屋で肉を買ってから戻った。なべ料理なら簡単だ。とろ火にしておけば、夕食がいくら遅れても味は落ちない。ダンプリングとハーブの束を入れよう。明日の食事もこれで間に合わせることができるだろう。

その用意を昼休み中にすませ、パーシーにも肉を分け与えると、身づくろいをしてからタヴェナー医師の最初の患者のためにドアを開けに行った。

最後の患者は六時前に帰っていった。マーシャル医師のオフィスは片づけてあったので、すぐに戸締まりを始めた。タヴェナー医師の姿はどこにも見当たらなかった。アラベラは地下室へ行って食事の用意をし、オーブンの中のなべ料理を見てみた。ほとんどでき上がっていたのでガスを止め、調理台の上に置いた。ふたを取ってかきまぜると、おいしそうなにおいが漂った。

タイタス・タヴェナーは帰りがけに廊下で足を止めた。おいしそうなにおいが漂ってくる。彼は地下室に通じるドアを開けて再びにおいをかぐと、階段を下りていってドアをノックした。

一瞬しんとなってから、返事が聞こえた。ドアが開くと、おぼつかない表情でアラベラが立っていた。

アラベラは、だれが来たのかと不安を感じながらドアを開け、そこに彼を見てびっくりした。

「やあ、君の努力のせいで、ここはずいぶんすてきになったね」彼は食卓に目をやった。「テーブルクロス、銀器にコールポート磁器、それにウォーターフォードのグラス、花を生けた小さな花瓶。君は並外れた管理人だな。びっくりさせるつもりはなかったんだが、あまりおいしそうなにおいがしたから来てみたくなったんだ。これから夕食?」

アラベラはうなずいた。

「君は一流のコックで配管工でもあるわけだね?」

「はい」

「それなら何か、もっと君に合った職場があったはずじゃないかな?」

「どこでもパーシーを拒否されました」

タイタス・タヴェナーは、暖炉の前に座ってこちらを見ている猫を観察した。「見事な猫だ」だが会話がいっこうにはかどらないので、彼は言った。「おやすみ、ミス・ロリマー」そして去りがけにつけ加えた。「ぼくが出ていったら、玄関の戸締まりはしてくれるだろうね?」

「するつもりでずっと待っていたんです、先生」アラベラは冷たく言った。

彼はそれを無視してほほ笑んだ。「職務さえ果たしてくれたらそれでよろしい、ミス・ロリマー」

タヴェナー医師は来たときと同様に静かに去っていった。

「彼はただ失礼な人と言うより、徹底的に失礼な人だわ!」アラベラはパーシーに言った。

玄関のドアが閉まるのが聞こえたので、再びなべをオーブンに入れ、階上へ行って彼のオフィスを片づけてから戸締まりをした。

遅い夕食をとったあと、暖炉のそばに座ってクッションのカバーを縫いながら、タヴェナー医師のことを考えた。彼がわたしに好意を持っていないことは明らかだ。にもかかわらずこの部屋までやってきて、一人住まいを心配してくれた。もう少し友好的な態度で接するべきだったかもしれない。しかし、管理人は雇主に対して友好的にふるまうべきだという法もない。彼と顔を合わせるとどぎまぎしてしまうのだ。両親が生きていたときには、わたしも同年代の人たちとつき合っていた。でも男性から真剣な愛を告白されたことはなく、わたし自身もだれにも魅力を感じなかった。タヴェナー医師はあの人たちとは全然違う。ハンサムなだけでなく、ずっと年上だからかもしれない……。

その週はタヴェナー医師をちらっとしか見かけなかった。そのときも彼はそっけないあいさつをしただけで話しかけてはくれなかった。それに比べてマーシャル医師は、アラベラの私生活に興味は示さなかったが、いつも優しく接してくれた。

タヴェナー医師がオスローへ行って彼の看護婦が休暇を取ると、アラベラの仕事が減った。朝晩、彼のオフィスものぞいたが、掃除機をかけたり床をみがいたりする必要はなかった。呼び鈴に応じる回数も減ったので時間ができ、まずマーシャル医師の許可を得てから、庭にあるりんごの木から落ちた実を拾ってジャムを作った。そのため数夜にわたって、りんごを煮る甘いにおいが地下室から漂った。パン、スコーン、干しぶどうを入れて砂糖で飾った菓子パン、羽毛のように軽いスポンジケーキも作った。缶詰しか食べないミセス・レーンが長い間空にしていた小さな食糧貯蔵庫が、いっぱいになり始めている。タヴェナー医師は翌日の午後遅く戻る予定だからその日も患者は来ないとミス・ベアードが言った。「先生は真っすぐお宅へ帰られて、翌朝になってからいらっしゃるはずよ」

それでアラベラは、最後にもう一度彼のオフィスの埃《ほこり》をざっと拭《ふ》いてから、庭に残っていたなでしこをガラスの花瓶に生け、ラヴェンダーとくわがたそうを加えた。部屋が寒いから、一晩たっても枯れることはないはずだ。明日は朝になったら忘れずに暖房装置をつけ、暖炉に火をともさなければ。看護婦が来たらお茶をいれることができるように準備を整え、窓とドアを調べてから地下へ戻った。

翌朝は、マーシャル医師の大勢の患者のために、忙しくドアの開け閉めをした。午後になると雨が降り出したので、患者たちはぬれた足跡を床に残し、びしょぬれの傘を平気で椅子の上へ投げ出した。アラベラが苦労して拭いたりみがいたりした椅子が、今はしみだらけになっている。患者が帰ったあとで、ドアをばたんと閉めてやりたくなった。

ついに屋内が静かになったとわかると、アラベラはビニール袋とはたきを手にし、階段の下から掃除機を引きずり出した。タヴェナー医師は見当たらないから、ミス・ベアードが言ったとおり真っすぐ帰宅したのだろう。アラベラは早く自分の部屋へ戻りたくて、ばたばたと動き回った。夕食にスペイン風オムレツとサラダを作るのが楽しみだ。昨日作ったスープがあるし、りんごと干しぶどう、パンとバター、コーヒーのかわりにティーポットいっぱいのお茶……あれだけあったら何も言うことはない。

時間がたつにつれ天候が悪化した。冷たい風が吹き、雨足は強くなっている。雨が窓をたたく音がわびしげだ。コルピン・カム・ウィザムの家の窓に当たる雨の音とはずいぶん違う。あそこでは木々の間を吹き抜ける風の音も快く聞こえたのだが……。後片づけを終わると、待合室の電球をもっと明るいのに替えてほしいと看護婦に頼まれていたことを思い出した。アラベラは段ばしごを取りに地下へ行った。はしごがないと、天井から下がっている電気のかさに手が届かない。

段のてっぺんに上がったとき、玄関のドアが開く音が聞こえてタヴェナー医師が入ってきた。帽子もかぶらず、手にはスーツケースをさげている。それを下に置くと、黙ったままアラベラをはしごから下ろし、電球を受け取ってはしごを登り、ソケットにはめ込んだ。それからはしごを下りてくると、アラベラにあいさつをした。

驚いて口がきけなかったアラベラは、やっと声が出るようになると堅苦しい口調で礼を述べた。

彼がアラベラを見下ろして言う。「ひどい天候だ。お茶でもコーヒーでもいいから、一杯いれてもらえないかな?」

アラベラがオフィスにつながる小さなキッチンへ向かおうとすると、彼は手を伸ばして引き止めた。「いや、ここじゃなく……君と一緒に階下《した》へ行ってはいけないかい？」

アラベラは半信半疑な表情で彼を見た。「あの、あそこでよろしかったら……ちょうどわたしもお茶をいれるつもりでしたから」

後ろからついてくる彼の存在を意識しながら、アラベラは地下室へ下りていった。部屋は意外に快適に見えた。テーブルの上の小さな電気スタンドとガスの暖炉を、つけたままにしておいたからだ。

アラベラは、小さな声で言った。「どうぞお座りになって。すぐお茶をいれますから」

彼が小さなみすぼらしい安楽椅子に座ると、パーシーが膝の上へ載ってきた。「君はもう夕食をすませたのかい？　スープのにおいがするが」

「おなかがおすきですか？」

「ぺこぺこだ。ぼくのハウスキーパーは、ぼくが明日の朝まで戻らないと思っているんだ。食べに出てもいいんだが……君も一緒に来てくれるかい？」

アラベラは驚いて目を上げた。「あの、お誘いいただいてうれしいんですけれど、夕食の用意はすっかりできてますから」言葉を切って考えた。「よかったら一緒に召し上がりますか？　でもそんなことをしてもいいかしら、わたしは管理人なのに……」

彼は微笑してこともなげに言った。「君は優秀なコックでもあるわけだろう？　管理人が客を食事に招いてはいけないという決まりはないはずだがね」

「もちろん、そういう言い方をしたら、確かに」アラベラは言葉に窮した。

「そう、確かに」タヴェナー医師が言う。「スープのあとのコースは何?」

「スペイン風オムレツとサラダです。デザートはありませんけど、パンとバターとチーズが……」

「お手製のパン?」アラベラがうなずくのを見て彼は続けた。「それは最高だ。オムレツができる間に、ぼくはワインを買ってこよう。五分で戻るよ」

彼は出ていった。車のエンジンがかかる音が聞こえる。アラベラはボウルに卵を三個割り入れたが、もう一個追加した。彼は大きな人だから……。

オムレツの下準備ができたとき、彼が戻ってきてボトルをテーブルに置いた。年代物のブルゴーニュ・ワイン。アラベラの給料の半分が飛びそうな値段のものだ。アラベラはスープを、祖母のものだった古風なスープ皿に注ぎ入れた。一口賞味したタヴェナー医師は、そのコールポート磁器をはずかしめないよい味だと認めた。

アラベラがオムレツを盛りつける間に、彼はワインをついだ。フルーティなワインに温められて、アラベラは管理人という立場を忘れ、友人との交流を楽しむ良家の子女に再び戻っていた。

タイタス・タヴェナーは彼女のことを、本人が気がつかない間に巧みに聞き出した。質問は浴びせず、一言二言で優しくうながすというように。

オムレツを食べ終わると、コーヒーとパンとバターとチーズを味わいながら、二人は会話にふけった。これは少々変わった食事だと思ったとしても、タヴェナー医師の顔には何も出ていなかった。パンとバター、特にアラベラ自身が焼いたパンは、食事を締めくくるのに最適だった。体格の大きい彼がパン一本をほとんど食べ、そして多量のバターもつけてしまった。明日、買い物に行かなければならないことになったようだ。

十時近くなってからタヴェナー医師は腰を上げ、アラベラは戸締まりをするためにあとについていった。

数分後、タイタス・タヴェナーは歩道に立って、アラベラの丁重な別れのあいさつを思い起こしていた。ドアにかんぬきと鍵をかける音が聞こえる。ミセス・レーンの場合は家族がよく泊まりに来ていたから安心だったが、アラベラは一人ぼっちだ。夜を一人で過ごす彼女のことが、帰宅するまで彼の頭にこびりついて離れなかった。

次の土曜の午後、アラベラの家庭に新しい一員が加わった。店へ行った帰り道、彼女は一週間分の食料品をかかえ、ウィグモア通りにつながる近道を歩いていた。陰鬱《いんうつ》で寒かった一日があっという間に暮れ、小雨まで降り始めている。重い荷物を持ち、冷たい雨風に向かって頭を下げ、道を曲がって短い横丁へ入った。

溝の中で何かがかすかに動くのを見て、アラベラは足を止めた。子犬が体を丸めて横たわり、聞き取れないほど小さな声で鳴いている。かがみ込んで見ると、哀れな姿が目に入った。やせこけてびしょぬれで、後ろ足を縛られている。アラベラは憤然としてひざまずいた。ひもをほどいてやり、抱き上げた子犬を荷物の上に載せて、地下室へ連れ帰った。

汚れた毛の下に小さな肋骨《ろっこつ》が浮き上がり、わき腹には傷がある。アラベラがそっと体を調べている間、子犬はじっとテーブルに横たわり、ねずみの尻尾《しっぽ》のような細長い尾を振っていた。アラベラはお湯と布きれを持ってきて優しく洗ってやり、古いカーテンにくるんで暖炉の前に横たえた。子犬は疲れ果てていて動く気力もないようだった。すると今度はパーシーが彼を調べ始めた。

「パンと温かいミルクよ」アラベラがそう言いながら与えると、子犬はおいしそうに平らげた。脱水状態かもしれないと思い、ミルクを少し追加してやった。機嫌を損ねたらしいパーシーにも夕食を与えてから、ジャケットを脱ぎ、買ってきたものを片づけた。お茶を飲みながら子犬に目をやると、小声で鳴きながら眠っている。やがてパーシーは鷹揚《おうよう》な態度で、そのやせこけた小さな動物を包むようにして隣に横たわった。

「そうよ、パーシー」アラベラは激励の声をかけた。「彼は寄り添ってもらいたがっているの。わたしたちが世話してあげたら、立派な犬になるはずよ」

やがて目を覚ました子犬にパーシーのえさを少し与え、暗い庭に連れ出した。就寝の時間になるとパーシーの横に横たえてやった。さっきよりはずいぶん元気そうな姿に見える。

アラベラが夜中に目を覚ますと、子犬はまだ眠っていた。彼女はそのとき考えた。猫だけでなく犬も飼い始めたことをマーシャル医師に告げたら、なんと言われるかしら？　でもなぜ彼に言わなければならないの？　幼い犬だから声は小さいし、もっと体がしっかりするまでほえないかもしれないのだ。弱りきっているから、当分、手はかからないだろう。それで満足したアラベラは、パーシーに押されて目を覚ますまで、眠ることができた。

翌日は日曜日で病院にはアラベラ一人だから、都合がよかった。子犬は怖がっているかのように震えながら庭へ連れ出されたあと、朝食を食べた。そして朝食後は、暖炉の前でのびのびと体を伸ばしていたパーシーの方へにじり寄っていって眠りに落ちた。

子犬は眠ったり食べたりして一日を過ごし、夕方にはたまにしか身を縮めなくなっていた。感謝の意を示すつもりで、盛んに尾を振っている。

「どういたしまして」アラベラは言った。「パーシーもわたしもおまえが気に入ったから、一緒にここに住めばいいわ」

優しい声に慣れていないのか子犬はかすかな声でほえると、二度目の夕食を食べ、今度は小さな頭をパーシーのおなかに載せて眠った。

月曜になると、アラベラはびくびくしながらもいつもどおり仕事をこなした。そして、その日が終わるころには安心感に包まれていた。まだ弱ったままの子犬が、行儀よく与えられた食べ物を食べて眠り、寛大なパーシーのそばからほとんど離れずに過ごしていてくれたからだ。

その週の終わりには、子犬は相変わらず丸まって眠るだけで満足していたが、体に肉がついてきたように見えた。みんなが出勤してくる前に部屋から出すと、進んで庭へ出ていくし、夜も、パーシーがそばにいるかぎり草地を駆け回ったりした。

だが、アラベラは油断した。金曜の夜いつもどおりみんなが帰ったあと、それを確かめに階上へ行き、部屋の後片づけをする前に庭へ出た。澄みきった夜で、まだ真っ暗にはなっていなかったが、動物たちが草地をうろつく間、彼女は懐中電灯を持って小道を歩いていた。

タイタス・タヴェナーは、がらんとしたオフィスに入っていった。書類を忘れて取りに来たのだ。まだ多少明るいからデスクの明かりをつける必要はなかった。書類の置き場所はわかっている。それを手に取り、出ていこうとして、ふと窓の外を見た。

アラベラが下に立っていた。懐中電灯が動物たちを照らし出している。

「これは驚いた」彼はアラベラが動物たちを屋内へ連れ込むのを見て、急いで玄関に向かい、外へ出た。そして車に乗り込むと、静かに笑いながら家路についた。

アラベラはタヴェナー医師に見られたとも知らず、子犬とパーシーに夕食を与え、階上を片づけてから自分の夕食を作り、もう一つのクッションカバー作りに着手した。

土曜の朝は忙しかった。タヴェナー医師の患者は二人だけだが、彼はほかの病院へ行って午後まで戻らないとミス・ベアードが言った。「だから残念ながら、そのあとでないとお掃除はできないわよ」

土曜日には大掃除をして花を生け替え、できるかぎりどこもかもみがき上げることにしているアラベラは、それでも構わないと言ったものの、内心迷惑に思った。週に一度の買い物に行かなければならないのに、彼がオフィスにいる間に出かけるわけにはいかない。もし子犬がほえでもしたら、どうしよう？　店は五時に閉まってしまうし……。まさか彼がそんなに遅くまで居残るはずはないだろうが。

しかしタヴェナー医師はみんなが帰宅する少し前に戻り、しばらくオフィスに閉じこもってから帰りかけたので、アラベラはほっとした。掃除機をかけては邪魔になるかと思って待合室の椅子を拭いていると、彼が廊下を歩いてくる足音が聞こえた。

タヴェナー医師は真っすぐドアの方へ行かず、待合室の戸口で足を止めた。向き直ってあいさつをしようとアラベラが顔を上げると、こちらをじっと見つめていた。アラベラはひやっとした。子犬のことがばれたはずはないけれど……。

どうもばれたらしい。「いつからここに犬が住むようになったんだい、ミス・ロリマー？」口調はなめらかだが、あまりいい感じはしなかった。

アラベラは、はたきを下に置いて彼と向かい合った。「あれは犬じゃなくて……とても小さなわんちゃんなんです」

「ほう？　ここで飼う許可を、マーシャル先生からもらったんだね？」

「いいえ。でも、どうしてわかったんですか？」

「見たんだよ……君たちが夜、庭へ出ているところを。子犬が花壇をほじくり返さないといいが」

アラベラは頭にきた。「もし先生が足を縛られた状態で溝の中へ投げ込まれ、死にかけていたら、花の香りがどれほどありがたいものかおわかりになると思うわ」

彼の口の端がぴくっとした。「君はそういう子犬を見つけて、ここへ連れ戻ったわけ？」

「ええ。もちろん……先生がどんなに気むずかしくても、あの子犬を見殺しになさるようなかただとは思えませんけど」

「君の言うとおりだ。そんなことをする気はない。ぼくの気むずかしさをがまんして、その犬を見せてくれないか？　体が弱っているだろうからね」

「見てくださいますか？　でも捨て犬の管理所へ送ったりはしないでしょうね？　本当にまだとても小さいんですもの」

「いや、そんなことはしないよ」

アラベラは先に立って階段を下り、地下室のドアを開けた。ベッドの上で眠っていたパーシーは片目を開けただけでまたうとうとし始めたが、子犬は床へ飛び下りると、細い尻尾を振りながら二人の方へ寄ってきた。

タイタス・タヴェナーはかがみ込んで子犬を抱き上げた。「とても小さいし、ひどい目に遭ったようだね」優しい手つきで調べ始める。「わき腹に一、二箇所、傷があるな……」今度は小さな足をなでる。「いつから飼い始めたの?」

「先週の土曜日からです。死んでしまうんじゃないかと思いました」

「君のおかげで命拾いをしたわけだよ。でも獣医に診てもらう必要があるな」

タヴェナー医師がにっこりしたので、アラベラは驚いてまばたきした。出会ってもろくに目もくれずに診察室を出入りする毅然《きぜん》とした医師と、今目の前にいるこの人はまったく違って見える。

「ぼくが四時ごろ戻ったら、一緒に犬を連れて獣医のところへ行くかい? その獣医はぼくの友達だ。この犬に何が必要か判断してくれるはずだよ」

アラベラは唖然《あぜん》とした。「わたしが? 先生と一緒に獣医のところへ?」

「ぼくは噛《か》みついたりしないよ」穏やかに彼が言う。

アラベラは頬が熱くなった。「ごめんなさい。びっくりしただけです。ご親切にありがとうございます。でも四時前にはお帰りにならないでください。わたし一週間分の買い物をしてこなきゃならないんです。それと、獣医さんのところではあまり長くはかからないでしょうね? パーシーの夕食が……」

「長くかからないとは思うが、パーシーのために夕食を置いていってやるわけにはいかないかな？」

「そうですね」アラベラは彼の手から子犬を受け取った。「先生はとても親切なかたなんですね」

「気むずかしくないときはね」タヴェナー医師が優しく言うと、アラベラの頬が赤く染まった。「四時に戻るよ」

それから二時間の間に、アラベラはできるだけたくさんの仕事をすませた。ごみを捨てて玄関のドアの真鍮《しんちゅう》をみがく仕事がまだ残っているが、それは後回しにすることにして、きちんとしたスーツに着替え、いい靴をはき、化粧と髪を直した。できるだけきちんとした格好をしなければ。タヴェナー医師に恥をかかせてはいけない。以前、猫のために獣医にいくら支払ったかを思い出し、あるだけの現金を全部持っていくことにした。余分な飾りけのないすっきりした服装で、四時きっかりに玄関へ行った。

ドアの取っ手に手をかけるなりタヴェナー医師が入ってきた。あいさつはそっちのけで言う。「犬はどこだい？」

「地下室です。ここへは上がってこさせないようにしているんです。わたしが車のところまで連れていきますから」

「それがいい。ぼくもすぐ行くよ」彼がオフィスへ行って電話をかけているのが、階下へ行くアラベラの耳に入った。

子犬を抱きかかえて外へ出ていくと、タヴェナー医師が車の横で待っていた。アラベラを前の席に座らせ、隣にすべり込んで出発した。

怖がる子犬を静かにさせることに気を払っていたので、アラベラは行き先に注意を払う暇がなかった。

やがて、車が止まると、アラベラは興味を持って辺りを見回した。ロンドンには詳しくなかった。母と買い物をしたり芝居を観《み》たり、父に食事に連れてきてもらって誕生日を祝ったりしたのは、幸せだった昔のことだ。

「ここはどこですか?」アラベラは尋ねた。

「リトル・ヴェニスだ。獣医はこの家に住んでいる。病院はメリルボーン通りにあるが、自宅でこの犬を診てくれると言ったんだよ」

「まあ、ご親切に」

アラベラがどっしりした感じの家へ向かってタヴェナー医師のあとから階段を上がっていくと、きちょうめんそうな女性がドアを開けてくれた。

「約束してあるから、上がってもいいかな、ミセス・ワイズ?」タヴェナー医師が言う。

「どうぞ、先生がお待ちかねです」

玄関に、彼と同年輩の男性が迎えに出てきた。長身で、頭がほとんどはげている。「中へ入ってくれ。その子犬というのはどこだい、タイタス?」

タヴェナー医師が身をよけたので、アラベラの存在が明らかになった。

「こちらはミス・アラベラ・ロリマー……。ジョン・クラークは天才的な獣医だよ」タイタス・タヴェナーは二人が握手するのを待ってから言った。「子犬を渡しなさい、ミス・ロリマー」

書籍や書類があふれる居心地のよさそうな部屋へ入っていくと、猫が二匹椅子の上で丸くなり、黒いラブラドール犬が暖炉の前で眠っていた。

「どうぞ、座って」クラーク医師が言った。「とにかく診てみよう」彼はアラベラを見た。

「子犬の救出前の状態についてタイタスから聞きましたよ。見たところ、まともな食べ物と愛情しだいで元気になりそうだ」かがみ込んで、優しい手つきで診察を始めた。「特に悪いところはなさそうだ。この傷につける薬をあげましょう。それから注射もしておきますよ。幸い外傷はない。で、子犬の名前は？」

「まだ名前がないんです」アラベラがほほ笑むと、クラーク医師もほほ笑み返した。

「帰りながら決めたらいい」クラーク医師はそう言って、アラベラに犬を返した。

「請求書は送ってくださるか、それとも……」

「いや、緊急や事故の場合は無料です」クラーク医師はほほ笑みながら言った。「一月ほどたったら検査のために……心配だったらその前でもいいからいらっしゃい。そのときには診察料をもらいますよ。病院の場所はタイタスが知ってますからね」

「ありがとうございました。わたしたちのせいで、先生の土曜の午後のご予定が狂ってしまったんじゃないでしょうか?」

クラーク医師はタイタス・タヴェナーの平然とした顔にちらっと目をやった。「いや、全然。心配になったら、いつでもいらっしゃい」

再び車に乗ったとき、アラベラは言った。「連れてきてくださってありがとうございました、タヴェナー先生。クラーク先生はとても親切ですね。ずいぶん時間がかかってしまったから、バス停で降ろしてくだされば、わたしはバスで……」

「どのバスに乗ればいいかわかっている?」

「いいえ。でもわかると思いますわ」

「それよりいい考えがある。お茶を飲んだあと、ぼくが送ってあげるよ」

「お茶を? どこで? そんな必要は……」

「ぼくは次の通りに住んでいて、ハウスキーパーがお茶の支度をしている時間だ。パーシーの心配をすることはない。うちを出てまだ一時間にもならないし、お茶を飲むにも時間はかからないからね」

「この犬は?」

「彼にもおやつをあげなくちゃ」車は運河に沿ったきれいな通りに入り、タヴェナー医師の住居の前に止まった。「さあ、質問はこれで打ちきりだ!」

3

子犬を抱いたアラベラは、屋内へ招き入れられた。裏側が運河に面しているジョージ王朝風の家屋がいくつか並ぶ中の一軒だ。玄関ホールの片手には手すりに彫りをほどこした階段があり、廊下の先にいくつかドアがある。そこから大柄な女性が現れた。地味なスタイルに髪をまとめた細長い顔の女性だ。

「やあ、アリス。ミス・ロリマー、こちらはぼくのハウスキーパーのミセス・ターナーだ。アリス、ミス・ロリマーをお茶に招待したんだ。すぐに用意してくれるかい?」

ミセス・ターナーはアラベラが出した手を取った。「はじめまして」子犬に目をやりながら言う。「五分以内にご用意できますわ、先生。お嬢さんのジャケットをお預かりしましょうか?」

「彼女はそれほどゆっくりはできないんだ。上着は椅子の上に置こう」

タヴェナー医師が子犬を抱き取ってくれたので、アラベラはジャケットを摂政期様式の椅子にきちんと載せ、彼と一緒に応接室へ入っていった。

家の前方から後方まで広がる大きな部屋だ。開いたフレンチドアの先に、運河に面して錬鉄製のバルコニーがある。アラベラは窓の外を見ようとして、美しい部屋を横切っていった。「ここがロンドンだなんて思えないわ。お庭もあるんですね」

バルコニーの下の小さな庭は壁に囲まれていて、両隣の家から観葉樹や茂みでさえぎられ、壁の端が運河へ突き出た感じになっている。

無言で立っているタヴェナー医師のまなざしに気づいて、アラベラは彼の方へ向き直った。「ごめんなさい。失礼しました。あまりきれいでびっくりしてしまったものですから」

彼はほほ笑んだ。「確かにきれいだ。ぼくは何年も前からここに住んでいるが、今でも驚くことがあるよ。こっちへ来て座ったら？　お茶にしよう」

アラベラは辺りを見回した。暖炉の前の安楽椅子や大きなソファ、チッペンデール風の鏡、紫檀《したん》のテーブル、マホガニーの三脚テーブル。暖炉の両側にあるオランダ風の寄せ木細工の飾り戸棚。窓際に置いたデスクには、銀の額縁に入った写真がたくさん置かれている。アラベラはそれらをじっくり見たかったが、そんな無作法なことはせず、安楽椅子の一つに腰を下ろした。そこへミセス・ターナーがお茶のトレイを持って入ってきた。きゅうりのサンドイッチ、銀の器に入ったマフィン、濃厚な香りのフルーツケーキ……。アラベラはため息をつき、喉に込み上げた塊をのみ込んだ。こんな上質の磁器と銀器を使って出されたお茶を見るのは、本当に久しぶりだ。

「君についでもらうよ」タヴェナー医師はそう言うと、子犬を抱いたままアラベラの向かいに腰を下ろした。

「わたしが抱きましょうか?」

「いや、構わないよ。ぼくの犬が今ここにいないのは残念だな。とても優しい茶色のラブラドール犬なんだ。きっと母親がわりになってこの子犬をかわいがったと思うよ」

アラベラは、その犬がどこにいるのかきこうとしたがやめた。彼もその話を続けるかわりに、子犬に名前をつけてやるべきではないだろうかと言った。

「ええ、ひどい目に遭ったわけだからその埋め合わせに、何か立派な名をつけてあげようと思って」

「それは名案だ。ところで、ケーキをどう? ミセス・ターナーは料理が上手なんだ」彼はかすかにほほ笑んだ。「でも君も料理はうまいんだよね?」

彼の微笑の意味がよくわからない。たぶんちょっとした皮肉を込めて言ったのだろう。

「この犬はなんという種類なんでしょう?」

「雑種だね。耳はスパニエルみたいだけど、体がかなり大きくなりそうだ。尻尾《しっぽ》についてはなんとも言えないな。さて、名前だが……バセットというのはどうだろう?」

アラベラは神妙な顔で彼を見てから笑い出した。「先生の考えはおしゃれですこと。バセットは、キャンディの会社名ですね」

笑顔のアラベラは美しいと言ってもいいぐらいだ、とタイタス・タヴェナーは思った。彼女についてもっと詳しく知ることができたら、面白いだろう。管理人という身分を忘れているときの彼女は、まるで別人のように見える。

しかしアラベラは立場を忘れたわけではなく、カップを置いて立ち上がった。「こんなに長居をするつもりではありませんでした。先生の予定を台無しにしてしまったんじゃないでしょうか?」

彼は引き止めはせずにジャケットを取ってくると、明るい口調で話しながらアラベラとバセットを車に乗せた。ウィグモア通りに着くと一緒にオフィスへ入り、変わったことがないか確かめてから、別れのあいさつをして玄関ドアを開けた。

「待ってください。あの、マーシャル先生にバセットのことを話さなきゃいけませんか?」

「もちろん。月曜の朝、彼の患者が来る前にね」タヴェナー医師はアラベラの心配そうな顔を見下ろした。「ぼくがまず彼に少し話しておこう。彼はとても親切な人だよ。それに君はとても優秀な管理人だしね」

「約束してくださいますか? お忘れにならないでしょうね?」

彼の目つきは冷ややかになった。「ぼくは約束は守る人間だよ。ミス・ロリマー。それに記憶力は確かだ」

「まあ、わたし、先生のお気に障るようなことを言ってしまいましたか？」

「いや、気に障ったわけじゃない。君には驚かされ、困惑させられ、興味をそそられるだけだよ」

タヴェナー医師は軽く会釈すると、彼の言葉を聞いて混乱状態に陥ったアラベラをホールに残して立ち去った。

お茶のお礼を言うのを忘れてしまったと思いながら、アラベラは動物たちの世話をしたあとで階上の掃除をすませた。明日天気がよかったら、バセットを散歩に連れていこう。リージェント公園はさほど遠くない。ひもも首輪もないから、もちろん抱いていかなければならないが。

タヴェナー医師のことは頭から押し出した。彼は親切だけれど、わたしは好かれてはいない。必要な場合には助けの手を差し伸べてもらえるだろうが、彼にとってそれは、転んだ人を助け起こしたり、道を渡る老婆に手を貸したりするのと同じことなのだ。

日曜は楽しく過ごした。バセットを腕にかかえて元気よく公園を歩き、昼食をしに戻った。子羊肉に、甘く煮た芽キャベツとにんじんだ。アラベラと動物たちは食事のあと、夕方まで暖炉のそばに腰を落ち着けた。今日は本当にいい一日だった。住むところと職があるのだから本当に幸せだ。

夜中にふと目を覚まし、朝になってマーシャル医師と顔を合わせたらなんと言おうかと心配になってきた。しかしタヴェナー医師が一言言っておくと約束してくれたのを思い出して再び目を閉じた。「彼はよそよそしい態度をとっていても、中身はとても優しい人なの」と眠っている動物たちに言う。「彼をもっとよく知るようになったら、好きになれそうだわ」・

タイタスもアラベラのことを考えていた。夜中過ぎに急病患者に呼び出され、診察後に車でうちへ戻るところだ。マーシャル医師には電話をかけて、バセットの話をしておいた。彼はゆかいそうに笑いながら犬を住まわせることに同意してくれた。

静かな町の中を運転しながらタイタスは真剣に考えた。やはりアラベラのような娘には、管理人の仕事は向いていない。資格は何もないかもしれないが、彼女は良家の令嬢なのだ。一緒に食事をしたときにきれいにしつらえてあった食卓。そして自分の家でお茶を飲みながら見せたさりげなく落ち着いた態度……。今の生活は彼女にはそぐわない。しかしそれをどうしたらいいか方法が頭に浮かばない。猫と犬がいるかぎり適切な職を見つけることは無理だろう。彼女が動物たちを手放すはずはないから。

自宅に入ってコーヒーをいれにキッチンへ向かうと、昨日の午後連れ戻ったばかりのビユーティーが出迎えに現れ、あとからついてきた。タイタスはコーヒーを飲みながら、足元にうずくまる犬に言った。「彼女に夫を見つけるのが最善の解決法だよな」

尾を振る犬の耳を優しくなでてバスケットに入れてから、彼は二階へ行ってベッドに入った。アラベラにふさわしい夫を見つけるのはかなり困難な課題だ。そんなことを思いながら眠りについた。

オーバーオールをきちんと身につけたアラベラは、デスクについたばかりのマーシャル医師に会いに行った。

マーシャル医師は優しく尋ねた。「何か問題が起きたのかね？」

アラベラは率直に話したが、タヴェナー医師の名前は出さなかった。もし彼がマーシャル医師と話すことを忘れていたら具合の悪いことになる、と思ったからだ。しかし彼は忘れてはいなかった。

マーシャル医師がにこやかに言う。「ああ、タイタスの話だと、ここに犬が住みついたそうだね。患者の前へ出てこないかぎり、わたしに異議はないよ。君は落ち着いた？ 快適に過ごしているかな？」

アラベラは彼の首に両腕を回したくなるほどほっとした。「はい、おかげさまで、先生」

「それじゃ、もう行ったほうがいい。間もなく呼び鈴が鳴り始めるだろう」そう言ったが、マーシャル医師は立ち去りかけたアラベラを引き止めた。「君をアラベラと呼びたいんだが、構わないかな？」

「構いませんわ、先生」なんと呼ばれてもいい。バセットはわたしのものになったのだから。

アラベラが患者を導き入れているところへタヴェナー医師が到着し、朝のあいさつをしてから真っすぐにオフィスへ向かった。次にやってきたのは彼の患者だった。高価そうな衣服を身につけ、完璧《かんぺき》に化粧をほどこした背の高い美人だ。

たいていの人はアラベラをちらっと見るだけで、たまに微笑するのがせいぜいだ。その女性も同様にふるまったが、急に足を止めた。「アラベラ……あなた、ここでいったい何をしてるの？　ひどいオーバーオール姿ね。髪もくしゃくしゃだし」

アラベラはドアを閉めた。「おはよう、ダフネ。わたしここで働いているの。タヴェナー先生のところに来たのね？　彼のオフィスは廊下の先の……」

ダフネは笑った。「わかってるわよ。彼は昔からの友達なの。でも、あなたはここでどういう仕事をしているの？」

「管理人の仕事よ」

ダフネは甲高い笑い声をあげた。「まあ、面白いジョークね」もっと何か言いたげだったが、再び呼び鈴が鳴ったので、アラベラはドアを開けに行った。戻ったときにはダフネの姿は消えていた。

ダフネはタヴェナー医師のデスクの向かい側に腰を下ろした。「こんにちは、タイタス。お久しぶりね。あなたはどうなさったのかしらって母が言っていたわ。別に病気じゃないんだけど、頭痛のお薬をいただけないかしら?」と言って、優雅に脚を組む。「実は、びっくりしたところなの。わたしの知り合いのアラベラがドアを開けてくれたのよ。こともあろうに、管理人になったとはね! 彼女、何カ月か前に両親を亡くして、破産状態になったのよ。いい生活をしていたのに百八十度違う暮らしになってしまったわけ。もちろん、わたしは彼女と親友だったわけじゃないのよ。共通の友達はいたけど……」ダフネはチャーミングな微笑を浮かべた。「ところで、わたしの頭痛は……」

タイタスは黙って話を聞いてから、そっけなく尋ねた。「どのへんが痛むんだい? 何か心配事があるか、それとも忙しすぎるんじゃないのかな?」

「パーティに出すぎだってこと? ええ、確かにわたしは人生を楽しんでるわ。いつまでも若さを保てるわけじゃないんですもの、今を楽しまなくちゃ。退屈しのぎにもなるし」

「退屈なせいで頭が痛むのかもしれない。二晩か三晩夜更かしをやめて、毎日散歩をすることだな。アルコールの量を減らして、まともな時間に床につくんだ」

ダフネは口を尖《とが》らせた。「まあ、タイタス、ずいぶん堅苦しいことを言うのね! 今週末にあなたをうちへ招くつもりだったけどやめたわ」

「どっちみち、ぼくには暇がないんだよ」彼はそう言うと、立ち上がって処方箋《しょほうせん》を手渡した。「一週間これをのんでみてよくならなかったら、もっと詳しく調べよう。心配することはないと思うけどね」

ドアを開けてくれたタイタスをにっこりと見上げて、ダフネは去っていった。きれいだが中身は空っぽだと彼は思った。イヤリングや爪に気を取られていないで、人の話をきちんと聞けるような女性でないと、結婚する気にはなれない。美人でなくてもいいのだ。見かけなんて、衣服しだいでそんなことはどうにでもなる。伴侶《はんりょ》を求める気になったのは最近のことだ。もう激しい恋に落ちるような年ではないし、一瞬の情熱にかられて結婚に突入するより、好意が持ててそりの合う相手を選んだほうがうまくいきそうに思える。だが、デスクにつくとそんな考えは頭から押しのけて、タイタスは次の患者のカルテを手に取った。

その日の仕事が終わると、アラベラのことが頭に戻ってきた。いつまでも管理人をさせておくわけにはいかない。彼女は決められた用事を片づけたあと、夜は子犬と猫だけに守られて過ごしているのだ。

アラベラは努めてタヴェナー医師を避けると同時に、彼のことをもっとよく知りたいとも思っていた。ちらっとのぞいた彼の生活に興味を持った。看護婦たちの噂話《うわさ》によると、彼は徹底した独身主義者なのに、数人の女性から結婚相手としてねらわれているらしい。

彼のような人と結婚し、きれいな家に住み、値札も見ずに衣服を買えるというのはどんなだろう。そんな理由だけで結婚するわけにはいかないけれど……。

オフィスを片づけてから地下へ行って夕食を用意し、動物たちに夜の散歩をさせた。

再び土曜が巡ってきた。買い物をし、いつもどおりオフィスを掃除し、庭で花を摘んだ。バセットは太り始め、前ほどおどおどせずに、威厳たっぷりに花壇から花壇へ移っていくパーシーのあとについて回っている。明日は新しい首輪と引きひもをつけて一緒に公園を歩きましょう、とアラベラは約束した。

夜はだんだん冷え込むようになってきた。しばらくして地下室へ戻って夕食をし、ガス暖炉の前で暖まった。クッションカバーが完成したので、待合室から持ってきた雑誌に目を通して過ごした。

そして就寝前にもう一度階上へ行って戸締まりを確かめた。上のフラットはまた空っぽだ。しかし一人住まいにも慣れてきている。

次の日曜日は一日楽しく過ごした。引きひもにつながれたバセットは行儀よく歩き、公園で落葉を追ったり小さな声でほえたりした。帰ってきてパーシーに迎えられ、お茶を飲んでから今週の家計の計算をした。

動物たちと自分の食費を賄っても、毎週少しずつながら貯金ができる。だが、ずっとここに勤めたとしても引退後のお金が必要だ。ずいぶん先のことのようだが、病気や失業の場合も考えておかなければ。数カ月たってもう少し落ち着いたら、コックとしての仕事を探してみることにしよう。猫と犬がいてもいいという人が、必ずどこかにいるはずだ。この地下室暮らしにいちおう満足はしているけれど、先生がたは少々不安を感じているらしい。マーシャル医師はあんな気まぐれな雇い方をしたことを、悔いてはいないにしても、考え直してるのかもしれない。

家計簿の計算を終えるとパーシーとバセットに夕食を与え、庭へ出してやってから屋内へ戻った。ドアにかんぬきをかけたあとで自分の夕食を食べ、上の戸締まりを調べて、早めにベッドに入ることにした。平々凡々な生活だが、少なくとも安定感がある。

アラベラは眠る前にしばらく空想にふけった。現実的な性格だから、だれかに熱愛されて即座に結婚するなどということは思いもしない。しかし奇跡的にどこかの豪邸にコックとして雇われることは考えてみる……高給をもらって敷地内のコテージに住み、ペットがいても構わないと言ってもらえたら……。

月曜の朝、二人の医師はどちらも早めに到着した。

マーシャル医師がタヴェナー医師のオフィスにふらっと現れて言った。「いい天気だね。庭のながめもなかなかいい」と言って、デスクの上に生けられた小菊に目をやった。「アラベラがよく働いてくれるおかげだ」

タヴェナー医師はペンを置いた。「ジェームス、彼女のことはなんとかしなきゃならないよ。もともと彼女を雇うべきじゃなかったんだ。この間来た患者が、アラベラと同じ学校の出身で、彼女の両親が亡くなるまでつき合っていたと言っていたよ」

「その友達は、アラベラがこんなところで管理人をしているのを見て驚いていたかい？」

タヴェナー医師は眉をひそめた。「むしろ面白がっていた……」

「そんな人間は友達だとは言えないな。アラベラにだってプライドがあるから、他人に頼ったりしないで自力で生活しているんだろう」

「彼女が夜は一人だという点が気になるよ」

「そうだな。何かあったら彼女は小柄だからな。神経質なたちじゃないとは言っていたが」

「住居を獲得するためにはどんなことでも受け入れる気だったに違いない」

「それじゃ、どうするべきかな？　彼女に夫を見つけてあげること以外には……」

「彼女には一流のコックの腕があるんだよ。あの動物たちを受け入れてくれる人さえ見つけ出せたら、もっと安全な環境に住めるのに」

「でも、それも夫を見つけるまでのことだな。彼女はいい妻になれそうだ。器用だから、どこか故障しても配管工事屋も電気屋も呼ばずにすむ。考えてみると君にぴったりだよ、タイタス。君もそろそろ結婚するべきだ。患者たちは、医者が既婚者のほうが信頼できるようだからね」

タイタスが何も答えないので、マーシャル医師は急いで言った。

「冗談だ。ぼくはオフィスへ戻るべきだな。君の今朝の予定はいっぱいかい？」

「ああ、午後もだ。夜は臨床講義があるし」

「そのうち夕食をしに我が家へ来たまえ。君に電話するようにアンジーに言っておくよ」

「それはいいな。ありがとう」

タイタスは机の上にカルテを広げたが、読もうとはしなかった。アラベラのために職を見つけること、それが最善の解決法だ。田舎がいい……彼女は田舎が好きだから。しかし彼女がいなくなったら、ここはまたうつろな感じになってしまいそうだ。

一方アラベラは、自分の将来が計画されているとも知らず、用事を片づけたあと、パーシーとバセットをながめながらセーターを編み始めた。

タイタス・タヴェナーは、ウィルトシャーに小さな美しい荘園《しょうえん》を持っている。二百年以上前から先祖代々伝わるものだ。彼は都合がつくかぎりビューティーを連れてそこへ行き、庭仕事や散歩をする。両親は亡くなったが、祖母が付添人と一緒に住んでいる。荘園の管理をするのはバターと彼の妻で、両親の世話もしてくれたし、長生きさえしたら自分の老後も見てもらえそうだ。

タイタスは翌週末、荘園へ行った。スウィンドンの三十キロほど先で高速道路を降り、わき道に入ってテットベリーへ向かう。それからまた曲がって細い道をたどると、小さな村に出る。

窓には明かりがともり、いくつかのれんがの煙突から煙が立ち上っていた。ドアの前に車が止まると、犬が駆け出してきてうれしそうにほえた。ビューティーのきょうだいのデュークだ。犬たちを従えて屋内へ入っていくとバターが待っていた。

「おかえりなさいませ、タイタス様。家内がお茶を用意しておりますよ。わたしが犬たちをキッチンへ連れていって、食事をあげるとしましょう。ミセス・タヴェナーは居間におられます」

タイタスはみがき上げられたホールを横切って、居間へ入っていった。天井の低い細長い部屋だ。格子窓にかかった重厚なベルベットのカーテンが、カーペットの濃緑色と赤褐色によく調和していた。

ジェームス一世朝風とジョージ王朝風の椅子とテーブルを、巧みに組み合わせて置いてある。暖炉の上には大きな鏡がかけられ、暖炉の両側には安楽椅子や大きなソファがあるが、そこにいた二人の女性は、トランプを並べた小テーブルを間にして、摂政期様式の椅子に座っていた。

タイタスは部屋を横切っていくと、かがみ込んで祖母にキスをした。ミセス・タヴェナーはきりっとした顔立ちの女性だ。にっこりして言う。「タイタス、帰ってくれたのね。うれしいわ。もっとたびたび来られるといいのに」

「ぼくのうちはロンドンですからね」彼が穏やかに念を押す。「少なくとも仕事中は」

「わかっているわ。でも家族の住居はここなのよ。あなたはそろそろ結婚するべきだわね、タイタス」

彼はただほほ笑んだままで、ミス・ウェリングと握手した。彼女は尖った鼻と茶色の目を持つやせた女性で、いつも心配そうな表情をしている。年齢は不明だ。雇主に常に親切に扱われていて心配をする必要などないのに、くよくよする性格らしい。祖母はとても気むずかしい女性に見えるが、もう何年も前から、用心深いミス・ウェリングの人生観を受け入れるようになっていた。

タイタスに好意を持つミス・ウェリングは、温かくあいさつをしたあと、お茶の用意ができたか見てくると言って部屋を出ていった。

「優しい人だわ」ミセス・タヴェナーが言う。「まるでわたしにいびられているように見えるでしょうけど、そんなことないのよ。こっちへ来て、近ごろどんなことをしているのか話してちょうだい」

タイタスは椅子を引き寄せ、かいつまんで最近のようすを話し始めた。

やがてお茶が出た。そのあと犬たちを連れて散歩をして戻ると、祖母が一人きりになっていた。「ミス・ウェリングは着替えに行っているから、三十分間二人きりで話ができますよ。何が気になっているのか、その間に話してごらんなさいな」ミセス・タヴェナーは、タイタスのぎこちない笑みを見て言う。「あなたは父親似ね。問題が大きければ大きいほど、平然とした顔つきになるんだから。とうとうだれかと恋に落ちたの？」

「いや。ぼくが本気で恋をすることなんかもうないでしょう。でも確かに一つ問題があって……」彼は静かな声でアラベラの話をしてから尋ねた。「何かいい考えはありませんか、お祖母《ばあ》さん？」

「その仕事はその娘さんには向いてないようね。でもその反面、彼女はいちおう住む場所を持ち、自立してペットと一緒に暮らしているのよ。突然貧しくなり一人きりになって、ひどいショックを受けたに違いないから、きっと安心感を持つということがとても大事なんだわ。もっとふさわしい職があっても、彼女の気持を不安定にさせたのでは気の毒よ。あなた、その娘さんが好きなの？」

「彼女とは意外に共通点が多いんです。肩のこらない話し相手で、議論でぼくをやり込めることだってあるんですよ」

ミセス・タヴェナーは微笑を隠した。「しっかり者みたいね。でも確かに、夜あそこに一人で住むのは感心しないわ。あちこちきいてみて、よさそうな働き口があったらあなたに知らせますよ。その人は、人前に出しても恥ずかしくないような人なの？」

「ええ、少々流行遅れながらきちんとした服を持っているし、マナーもいい。目立たない顔立ちだけれど、優しい……美しい目をしていて穏やかな声の持ち主です」

孫の返事に感じるものがあったが、ミセス・タヴェナーはそれについては何も言わないことにした。

「来週、ロンドンへ買い物に行くんだけれど、あなたのところに泊めてもらえるかしら？　もちろんミス・ウェリングも一緒よ。あなたの邪魔はしないと約束するわ」

「それはいいな。いろいろいい芝居がかかっているから観《み》に行きませんか？　あいにくぼくは日中は時間が取れないけど、夜は空けておきますよ」

「観劇はいいわね。できたら何かロマンチックなものがいいわ。三日も泊まったら長すぎるかしら？」

「よかったらもっと長くいたらどうですか？　それに、いつ来てもらっても歓迎しますよ」

「ええ、わかってるわ。でも火曜に行って木曜に戻りましょう。バターの運転で行って、また迎えに来てもらうから、そのときミセス・バターも一緒に来れば、わたしたちを拾う前にあの人たちも一、二時間買い物ができるわ」

「いい考えだ。ミセス・ターナーに話して、いいように決めてください」

「ありがとう。それから、ロンドンにいる間に、ミス・ウェリングを診てもらえないかしら？　口には出さないけど、あまりよく眠れないらしいの」

「いいですよ。ミス・ベアードに予約に組み入れてもらって、電話をかけますよ」

ミス・ウェリングが入ってきたので、二人は話題を変えた。

タイタスは日曜の朝、祖母と教会へ行き、昼食後に犬と散歩をして、お茶を飲んでからリトル・ヴェニスの家へ戻った。ロンドン市内に入ると、遠回りしてウィグモア通りへ行った。地下室のカーテンは引かれているが、端から明かりがもれている。一時間ほどアラベラと過ごしてこの週末の出来事について話したい気持にかられたが、急いでもみ消した。

「ばかげたことを！」厳しい口調で独り言を言うと、横でうとうとしていたビューティーが、眠そうに一声ほえた。


火曜日にロンドンに着いたミセス・タヴェナーは、タイタスが夕方帰宅したときにはすっかり落ち着いていて、ミス・ウェリングとトランプをしていた。三人は一緒に楽しいひときを過ごした。彼は長期公演中のミュージカルの切符を手に入れたと言った。彼自身は、ロンドンを訪れた古い友人の娘と、すでに観た劇だ。たいして面白いとは思わなかったが、それは一緒に観た相手がヘアスタイルや口紅ばかり気にしていた退屈な女性だったからかもしれない。

ミス・ウェリングは、異議を唱えたにもかかわらず、翌朝診察を受けることになった。

タイタスはどこも悪くないと言う彼女に優しく言った。「ここへ来たついでに、いい機会だから検査を受けておけばいい。たいして時間はかからないし、すんだらタクシーで真っすぐここへ戻れるようにしてあげるよ」

ミス・ベアードのリストを見ていたアラベラは、タヴェナー医師がミス・ウェリングという人が十一時に来ると書き加えてあるのに気づいた。彼は水曜日には十時過ぎにここを出て、どこかの病院で外来患者を診るのが普通なのに……。月曜と火曜の朝にちらっと顔を合わせたとき、アラベラのあいさつに対して彼はうなずいただけだった。やはりひどく嫌われているようだから、今後はなるべく遠ざかっていることにしよう。彼はバセットのことでは親切にしてくれたし、一緒にお茶を飲んだときにもとても優しかったので、わたしは管理人という分際を忘れてしまった。そのことを考えると、どうも納得がいかなかった。

水曜日の朝は雨が降っていた。暗くて寒くて、患者たちはいらいらしていた。アラベラが明るく朝のあいさつをしても、うなるように答えるか、みがいたばかりの床の上でぬれた傘を振ったり、湿ったレインコートを手渡しながら文句を並べた。憂鬱《ゆううつ》になっていたときだったので、朗らかな老婦人が玄関に現れたときには、びっくりした。彼女に付き添っているのはもっと年の若い女性で、沈んだ顔をしている。それでもアラベラのあいさつに笑顔で応《こた》えた。

「ミス・ウェリングですね？　受付に寄ってから、廊下の先にあるタヴェナー先生の待合室へいらしてください。コートをお預かりしましょうか？」

老婦人が同伴者の体をつついた。「さあ、行くのよ。わたしは待合室にいますからね」

そして、アラベラの方へ向き直って言う。「こういう悪天候のときのロンドンは、ひどいものだわ。あなたの住まいはここなんでしょう？」

「はい。わたしは管理人ですから。奥様のコートもお預かりしましょうか？」

「いいえ、結構ですよ。あなたは管理人のようには見えないわね」

アラベラは頬を赤らめた。「でも、わたしはとても満足しています。いい仕事ですから。

タヴェナー先生の待合室へご案内しましょうか？」

「そうね、でもミス・ウェリングが受付から戻ってきたから一緒に行くわ」

老婦人がミス・ウェリングを従えて行ってしまったので、アラベラは階下へ戻った。

ミス・ウェリングは約二十分後に、タヴェナー医師に伴われて診察室を出てきた。

「タクシーを呼ばせるから……」と言いかけてタイタスは口をつぐんだ。祖母が身を正して待合室に座っている。

「おはよう、タイタス」ミセス・タヴェナーはにこやかに言った。

彼もかすかにほほ笑むと、近づいていって祖母の手を取った。「彼女をどう思います？　そのために来たんでしょう？」

「もちろんそうよ、タイタス。やっぱり彼女はここにはそぐわないわ。何かいい方法を考えてあげなくては。あなたが言ったとおり、目立つ美人ではないわね。でもお料理の腕があれば、そんなことはどうでもいいのよ」ミセス・タヴェナーは立ち上がった。「ミス・ウェリングは健康だとわかったの？」

「ええ、だいたいにおいて。この話は今夜しましょう。ぼくは臨床講義に遅れそうなので」

タヴェナー医師は二人の女性を玄関まで送ってから自分も出かけた。アラベラが再び階上へ来たときには彼の看護婦だけ残っていて、早く帰れるかと思っていたのに先生は午後また戻ってくる気なのだ、とこぼした。


雨の中を買い物に行ったアラベラは、タヴェナー医師は働きすぎだと思っていた。まともな食事をして、充分な睡眠をとっているのかしら？　見ただけでは何もわからない。彼はいつも身だしなみがいいし、顔には全然感情を出さない人だから。

にんじんとかぶを慎重に選びながら、彼のことを考えても時間の無駄だからもうやめよう、と自分に言い聞かせた。

4

タイタス・タヴェナーは、そのとてつもない考えがいつ頭に浮かんだのか思い出せなかった。ディナーパーティに行ったときだったかもしれない。両側に座ったチャーミングな二人の女性は、離婚したあと夫を探しているところだった。うぬぼれではないが、自分はまあまあの顔立ちと体格に恵まれ、どんな理想の高い女性をも満足させることができると思っている。

それとも荘園《しょうえん》へ週末を過ごしに行って、朝食前に犬を庭へ連れ出したときだっただろうか？　前の夜寒かったので、辺り一面に霜が降りていた。それを目にしたとき、アラベラに見せたいと思った。「彼女を愛しているわけじゃないよ」とビューティーに言った。「彼女のことは、いい話し相手だと思っているだけさ」

友人たちが無理やり紹介してくれた退屈な女性たちとの間に、アラベラなら立ちはだかってくれるだろう。毎日彼女が待つ家へ帰ったら、きっと心が安らぐに違いない……。

だが、それはあまりにもとっぴな考えだと思い、タイタスはできるだけ彼女を避けるようにした。

わたしは何かタヴェナー医師の気に障るようなことをしたらしい、とアラベラは思った。顔を合わせるたびに、彼は不機嫌な表情を見せるのだ。とても親切に助けの手を差し伸べてくれたこともあったのにと思うと、悲しくなる。だが、そのことは忘れようと努力した。

ある朝、診察室の掃除をしていると停電した。ヒューズが飛んだに違いない。まだ暗いので手探りしながらアラベラは廊下に出た。テーブルの引き出しに、前もって懐中電灯を入れておいてよかった。

電気設備はホールの後ろの戸棚にある。ほかのものの後ろにしまってあるヒューズの入った箱を出そうとしてひざまずいた。

早く到着したタイタス・タヴェナーが、静かに玄関ドアを開けて入っていくと、アラベラの形のいい脚が戸棚から突き出ていた。

声をかける前に、新しいヒューズを握ったアラベラが後ろ向きに這《は》い出てきた。

「呼び鈴を鳴らすか何かしてくださったらよかったのに……先生だろうとは思いましたけど」辛辣《しんらつ》な口調でアラベラは言った。

「ぼくだってどうしてわかった?」

「足音が……」

「足音?」彼はかばんを下に置き、アラベラの手からヒューズを取った。

アラベラはかすかに赤くなった。「わたし、だれの足音か聞き分けることができるんです」

タイタスはうなずいただけでヒューズの取り替えをすませた。アラベラがお礼を述べて再び掃除機のスイッチを入れようとすると、彼に止められた。

「ちょっと待って、アラベラ。君に言いたいことがあるんだ。あいにく詳しく説明してる時間がないんだが、ぼくは君にプロポーズする」

唖然《あぜん》としているアラベラに、彼は優しく言った。「そんなに驚くことはないだろう。ぼくと結婚してほしいんだ。考えてみてくれないか? あとで話し合おう」一気に言ってにっこりした。「ぼくに構わず仕事に戻っていいんだよ」

ぽかんと口を開けて青ざめたアラベラをその場に残し、タイタスは自分のオフィスに入って静かにドアを閉めた。デスクについてから、これは正気のさたではないな、と彼は思った。

アラベラは信じてはいなかった。彼は働きすぎで疲れ果て、そのあげくにふと思いついたことを口走っただけなのだ。だから無視すればいい。そんな話は本気にしていないということを、あとで彼に伝えよう。

最後の患者は五時前に、ほかの人たちも三十分後に帰っていった。アラベラは掃除用具を持って階上へ行った。辺りを整頓《せいとん》し終わってビニールのごみ袋をしばっていると、タヴェナー医師が戻ってきた。

ボトルと、ハロッズのレッテルを貼《は》った箱を持っている。「君のところで夕食を食べてもいいかい？　もし君がここを離れることができるんだったら、ぼくの家で食事を出したいんだが……」

アラベラはごみ袋を下に置いた。「わたしにはよくわかっています。先生はお仕事が忙しすぎたから、わたしをだれかほかの人と勘違いなさったんですわ。ちっとも構いませんよ、わたしは……」

タイタスはアラベラの手から袋を取った。「いや、君にはわかっていない。ぼくの頭は確かだよ。夕食を食べたあとで話し合おう」

彼がほほ笑むのを見て、アラベラも思わずほほ笑み返した。

「説明したいことがたくさんあるからね」

「わかりました」アラベラは先に立って地下室へ向かった。

タイタスはアラベラの手からごみ袋を取って外へ持っていった。そして流しで手を洗いながら考えた。気がふれたわけではない、こんな合理的なことを実行したのはこれが初めてなのだ、と。

アラベラは食糧戸棚をのぞいてみた。夕食には卵とベークド・ポテトを食べる予定だったが、それだけでは客に失礼だ。マカロニをゆで、チーズをおろし、卵をとき、ポテトをあと二個洗ってオーブンに入れた。その間、彼は無言で座っていた。膝にパーシーが上がり、靴の上にバセットが身を寄せている。アラベラは適当な言葉が思いつかないまま、どぎまぎしながら黙って食事の用意をした。

彼が今日持ってきたボトルはクラレットだ。彼はそれをグラスについでアラベラに渡した。

アラベラは一口飲んで言った。「おいしい。箱には何が入っているんですか？」

「フルーツパイだ。しばらく座ったら？　それとも調理台につきっきりでないとだめかい？」

アラベラはチーズ入りマカロニをオーブンに入れた。それとポテトがゆで上がるまでに十五分はかかる。あとはレタスにドレッシングをかけるだけだ。

アラベラが安楽椅子に座ると、彼はテーブルの横の椅子を引き寄せて正面に腰を下ろした。「君は驚いたに違いないが、ぼくは本気なんだよ」アラベラが何か言いかけたが彼はそれを制して続けた。「説明しよう。ぼくは四十歳だ。もう若くはない。恋は何度もしたが、これぞと思う女性がいなかったから、独身でいるほうがいいと思っていたんだ。ところが最近になって、妻のいる家庭へ毎日帰って一緒に過ごせたらいいなと思い始めた。そうすれば親切な友人たちが、競い合ってぼくを結婚させようとする必要もなくなるわけだ。

ぼくが結婚したいと思う理由は間違っている……。でもまったく間違っているとは言えないかもしれない。ぼくは君が好きだ。君を愛してはいないけれど、君がそばにいるととても楽しいし、いないと寂しいんだ。君がここに一人で住んで、友達もいず娯楽もなくただ働いているということが気になる。君とぼくは、仲よくやっていけると思うよ、アラベラ」

アラベラは静かに言った。「わたしを哀れに思って、こんな提案をなさったわけじゃないでしょうね？　もしそうだったら、先生に何かを投げつけますからね」

昔、もっと幸せな生活をしていたときに、プロポーズされたことは何回かあった。しかしこれほど率直で感情にとらわれない申し込みは初めてだ。

タイタスは真剣な声で言った。「君を哀れんだことなどないよ。君は興味深くて、ときどきいらいらさせられるけど、楽しい人だ。大事なことに関しては、ぼくと同じ意見を持っている」

「ずいぶんはっきりおっしゃるのね」

「そうでないと、君はがまんできないんじゃないかな？　もしぼくが君を愛していると言ったら、信じるかい？」

「まさか！　そんな考えはばかげてますもの。さあ、夕食ができましたわ」

タイタスは立ち上がってワインをつぎ足し、二人のことには触れずにほかの話をしながら食器をテーブルへ運んだ。その間に、アラベラはショックから立ち直ることができた。

そのあとは、気楽な会話をしながら食事をした。本について意見を交換し、薔薇《ばら》の栽培に関してそれぞれの考えを言い合い、ペットの世話をする楽しさになると完全に意見が一致した。

「わたし、馬を飼っていたんです」アラベラがしんみりと言う。「そして、ろばも」

「それで?」タイタスは静かにきいた。

「売り払われそうになったので、動物愛護施設へ連れていきました。まだそこにいるはずですけど、別れるのがとてもつらかったわ」

「その愛護施設は君の家のそばにあるのかい?」

「ええ、お聞きになったことがあるでしょうけど」

アラベラがその施設の名前を言うと、彼はうなずいた。「聞いたことがあるよ。とても評判がいい」

食事が終わり、タイタスが食器を洗う間に、アラベラはコーヒーをいれた。彼の器用な手つきを見て、自分のことは自分でする習慣なのかときいてみた。

「でもハウスキーパーがいるでしょう」

「ミセス・ターナーは、ぼくの両親が亡くなって以来ずっと世話をしてくれている。ぼくが家事をすることはめったにないけど、必要とあればするよ」

二人は暖炉の前でコーヒーを飲んだ。動物たちはできるだけ火に近づいて暖まろうとし、押し合いへし合いしている。

アラベラはワインを飲みすぎてぼうっとしていた。顔がほんのりピンクに染まっている。タヴェナー医師の探るようなまなざしを感じて、思わずうつむいた。

「さて」彼がきびきびと言う。「君が心を決めるのにどのくらい時間が必要かな?」

「一人にならないと考えられません」アラベラは注意深く答えた。「先生がここにいらっしゃっては、気が散ってしまいます」そして、あわててつけ加える。「失礼なことを言うようですけど、少し離れて考えてみたいので……おわかりでしょう?」

「ああ、わかるよ。一週間あげよう、アラベラ。それからもう一度返事をきくよ。その間、君に注意を払わないようにするからね。避けたいわけじゃないが、そのほうが君は決めやすいだろうから」タイタスはさりげなくアラベラの両手を取った。「夕食をありがとう」そう言うと、かがみ込んでアラベラの頬にキスした。「おやすみ、アラベラ」

アラベラは彼の顔を見上げた。「でも先生のお気持が変わったら……」

「変わらないと約束するよ」彼はドアの方へ行った。「階上《うえ》へ来る必要はないよ。ぼくが外から鍵《かぎ》をかけるから。でもあとでかんぬきをかけてくれるね?」

アラベラは長い間、混乱状態で何もせずに部屋に座っていた。しかしそれ以上考えていても仕方がない、と思った。朝になったらこの驚くべき事態について、いつもの冷静さで考えられるはずだ。

　階上へ行ってドアにかんぬきをかけ、いつもどおりに辺りを調べてから、シャワーを浴びて床についた。

「眠れそうにないわ」とベッドの端でバセットをなめてやっているパーシーに言う。が、まくらに頭が触れたとたん眠りに落ちた。

　どんよりした十一月の朝が明けた。すべてが夢だったように思える。しかし多忙な一日が終わるころには、それがさほど信じがたい出来事ではないように思えてきた。

　まだ決心はついていない。それから毎晩、動物たちを相手に賛否両論を闘わせた。しかしだれかに相談するのとは大違いだ。もうすぐ週末になる……なんとかしなければ。そして、とうとう、いつもどおり最後まで残ったタヴェナー医師が玄関へ向かうのを見て引き止めた。

「五分間お時間をいただけますか？　だれかのアドバイスが必要なんですけど、先生以外には知った人がいないんです。わたしたちに関することですけど、ほかの人の話をしているふりをしてもよろしいかしら？」

「いい考えだ。ぼくの部屋へ行って、どうしたらいいか決めよう」

　あっさりした口調を聞いて、アラベラはほっとした。オフィスに入ると、彼はコートを椅子に投げかけ、アラベラに椅子をすすめてからデスクの向こうに回った。

「お話はこういうことです」アラベラは説明した。「わたしは……つまり、わたしがお話ししたいのは、結婚するべきかどうか迷っている女性のことなんです。何を期待されているのか、彼女にはわかっていません。彼は社交家なのでしょうか？　彼の友達は彼女に好意を持つでしょうか？　もしかしたら、彼女は彼の友人たちを好きになれないかもしれません。彼女は彼に恥をかかせたくはないのですが、教養もウィットもないんです。大失策をしでかすかもしれません。それに離婚ということに関しては、頭が古くて……結婚したからにはベストを尽くして添い遂げようという考えなんです」

彼は静かに言った。「それはその女性の取り越し苦労だ。医師の妻としての務めを立派に果たせる能力を持ちながら、自分を過小評価しているね。男というのは、多忙な一日を過ごしたあとは、才気やウィットに富む女性にはうんざりさせられるものなんだよ。それに、好意を持ち合って尊敬し合うカップルの結婚は、めったに失敗しない。二人の間に強烈な感情が存在しないからこそ、成功率が高くなるわけだ」彼はにっこりした。「こんな意見で役に立つかな？」

アラベラはうなずいた。「ええ。でもそれだけじゃありません。先生はお金持なんですよね」

タイタスは恐縮したように言った。「残念ながらそのとおりだ。だけどぼく自身はそんなことは気にかけてないし、君も気にしなくていいんだよ」

「わたしは、お金目当ての結婚はしませんから」

「ああ、それはそうだろうとも」真剣な口調だったが、目が楽しそうにきらめいているのにアラベラは気がついていなかった。

「アドバイスをありがとうございました」彼女は立ち上がって言った。「わたしのせいで、先生のお帰りが遅くなってしまいましたね」

彼はそれを否定すると、明るい声であいさつをして去っていった。

帰宅したとたん、タイタスはミセス・ターナーに、マーシャル家での夕食に遅れますよ、と警告された。

「また本の中に埋《うず》もれて、時間をお忘れになってらしたんでしょう?」彼女はキッチンに向かいながら、肩越しに言う。「そろそろ結婚なさる時期ですよ、先生。何度も言うようですけれどね!」

タイタスは笑いながら階段を二段ずつ上がっていった。「そのうち驚かせてみせるよ」


「早めにいらっしゃいと言っておいたのに、タイタスったら!」

タイタスが謝りながら一かかえの薔薇を差し出すと、アンジー・マーシャルは笑いながら文句を言った。

「用事が長引いたんだね?」マーシャル医師が軽く言う。「さあ、何か飲んだらいい。ほかにはだれも来ないから、仕事の話だってできるよ。クリスマスにアンジーが催すディナーパーティに、君も来てくれるんだろうね？　君の注意を引くような、すてきな若い女性を探しているところだよ」タイタスに口を開かせずにあとを続ける。「今日は忙しかったな。残って書類の整理をしていたのかい？」

「いや」タイタスは居心地のいい居間に腰を下ろした。「アラベラと話をしてたんだ」

「彼女はいい娘《こ》だね。でも何か心配事でもあるのかな？」マーシャル医師は妻に目をやった。「君も彼女を好きになると思うよ、アンジー。彼女に夫を見つけてあげたいなあ」

「そんな必要はないよ。彼女はぼくと結婚するんだから」タイタスは言った。

「そうだったのか！　それはそれは。彼女なら君にぴったりだよ、タイタス。今夜一緒に連れてきたらよかったのに」

「彼女は掃除機をかけながら、水もれする蛇口について何かぶつぶつ言っていたよ」

ミセス・マーシャルは笑った。「タイタス、あなたにはお似合いのかわいい人らしいわね。とても現実的で。彼女はあなたに夢中なの？」

タイタスは冷静に答えた。「いや、全然！　ぼくも彼女を愛してるというわけじゃないけど、お互いに好意を抱いているし、重大な問題に関しては意見が同じなんだ。だから、彼女との結婚は成功するに違いないと思っているんだよ」

「あなたは一生独身で過ごすのかと思い始めていたところよ」ミセス・マーシャルが言う。

「おめでとう、タイタス。彼女が待つ家庭に戻るのは、楽しいでしょうね」

タイタスはほほ笑んだ。「アンジー、君は本当に理解のある女性だね。ジェームスが君の真価を認めているといいが……」

「結婚して十六年になるんだよ」マーシャル医師が自慢げに言う。「アラベラをここへ招いて、円満な家庭がどんなものか見せてあげよう。やれやれ、また管理人探しが始まるわけだな」

「以前バスの運転手だったという男はどうかな?」

「名案だ。明日の朝いちばんに、ミス・ベアードに連絡を取らせよう」

タイタスが帰宅すると、ミセス・ターナーはすでにやすんだあとだった。彼は車をガレージに入れてから、満足な気持で静かな街路をビューティーと散歩した。


アラベラも満足を感じていた。決心はついた。もう考えを変える気はない。ロマンスにぱっと花を咲かせた友達が、結婚して二、三年後に失敗する例をたびたび見ている。同じ本や音楽や生活様式を楽しみ、一緒に時間を過ごすことに喜びを感じるカップルのほうが、刺激は欠くかもしれないけれど長続きするはずだ。もちろん恋愛はすばらしいに違いない。でもタヴェナー医師はロマンスに時間を浪費するような人ではない。二人が好意を抱き合っているかぎり、この結婚は成功するはずだ。

タイタスは約束どおり、一度もアラベラに話しかけようとはしなかった。そして約束の一週間が終わった。

みんなが帰ったあと、二人の医師が残って廊下で話していた。階段の下から掃除用具を出すアラベラに二人の話し声が聞こえた。マーシャル医師が笑いながら玄関のドアを閉めて出ていき、やがてタヴェナー医師が階段を下りてきた。

彼はアラベラの手からほうきとはたきを取り、彼女を部屋に連れ戻した。「それはあとでいいよ。で、ぼくと結婚してくれるかい、アラベラ?」

手紙を投函《とうかん》してくれるかとでもきくような無表情な声だった。アラベラのほうも、それ以上何も期待していなかった。腰を下ろし、彼に椅子をすすめてから答えた。「ええ」少しぶっきらぼうに聞こえたかもしれないと思ってつけ加える。「ありがとうございます。お受けします」

「よかった。これで計画どおりにいくね。君は今週末にここを出ることができるよ。新しい管理人が日曜日から勤め始めるから。そして、ぼくは特別な結婚許可証を取るよ。ジェームス・マーシャルが君の父親役を務めてくれる。式は小規模にして……」

「先生が計画なさったことに、わたしが全面的に同意すると決め込んでいらっしゃるようですね」アラベラはちくりと言った。

「ごめん……ああ、悪かった。ぼくは許しがたい罪を犯してしまったみたいだな。でも、ここ一週間ずっと案を練り続けてきたんだ。君の希望を言ってごらん、アラベラ。君の望みどおりにするから」

アラベラは真剣に答えた。「あの……実際にはすべてが合理的な案だと思います。それで、わたしはどこへ行けばよろしいんですか？」

「ぼくは田舎に家を持っている……テットベリーとマームスベリーの間にある村に。そこに祖母が住んでいるから、ぼくが準備を整える間、しばらくそこに泊まっていてくれるかな？　村の教会で式を挙げたいんだが、異存があるかい？」

「それで結構です。でも、先生のお祖母様《ばあ》のほうは？　わたしは見知らぬ他人ですから……」

「君はすでに会ってるよ。祖母が付き添いを連れてぼくに会いに来たときに」

「まあ、わたしが管理人だということもご存じなんですか？」アラベラはため息をついた。

彼はうなずいた。「そうだよ。君がとても優しい人で、ぼくのいい妻になってくれるだろうということも」

「ベストを尽くしますわ」

タイタスは身を乗り出してアラベラの手を取った。「お互いに、友達として伴侶《はんりょ》としてプライバシーを守り合い、気が向いたら一緒に余暇を楽しんだらいい」

「あなたがそうしたいのなら……」アラベラは落ち着いて言った。「でも、わたしに力を貸してくださいますわね？　ときには……お友達を招待なさったりなさるんでしょう？」

「かなり頻繁にね」彼はにっこりした。「今後は楽しいひとときになるだろう」

「結婚目当ての女性たちに悩まされずにすみますものね」アラベラは笑いながら言った。

「でも、みんながわたしを見たら、先生の頭がおかしくなったと思うかもしれません」

「そんな人はもう友達の中には入れないよ。アラベラ、お金は充分にあるかい？　何か着るものを買うつもりなんだろう？」

「今はありますけど、結婚後に専門医の妻らしい格好をするためには、少し買う必要があるでしょうね。先生のお祖母様のところへ泊まりに行くのにも、わたしはまず買い物をしないと」

「新しい管理人に土曜日から仕事を始めてもらって、リトル・ヴェニスに移ればいい。午後、ぼくが田舎へ送るよ。向こうにいる間に、バターの運転でバスへ服を買いに行けばいいよ」

「バターってどなたですか？」

「バター夫婦がうちのことをしてくれているんだ」

「それじゃそういうことにして、荷造りを始めます。パーシーとバセットはどうしましょうか？」

「もちろん君と一緒に行けばいい。何かここから持っていきたいものはあるかい？」彼は周囲を見回した。「磁器とか銀器とか。箱に詰めてくれればリトル・ヴェニスに届けさせるよ。家具はどうする?」

「母の仕事机だけは……」そのマホガニーの小卓には、色のさめたシルクのバッグがついている。「いつ式を挙げるんですか?」

「一週間か十日後でどう? 君しだいだよ。土曜の朝に式を挙げて、日曜にこっちへ戻ってもいい」

「そうしたら月曜には患者さんを診察なされるから、いい考えですわね」アラベラはタヴェナー医師がほっとするのを見て取った。これは友情に基づく結婚なのだから、彼の仕事の邪魔になるようなことではいけないのだ。

やがて、彼は去りがけにドアのところで言った。「君をここに残していきたくないな。どうしても掃除をしなきゃならないのかい?」

「ええ、わたしの仕事ですから。ここにいるかぎりはするべきことです……」

タイタスはアラベラの肩に腕を回した。「結婚したら、君はもう、はたきもモップもさわらずにすむよ」

「そういう将来こそ、女性たちの夢でしょうね。新しい管理人がいつ来るか知らせてくださったら、用意をしておきますわ」

「明日だよ。気をつけてね」

アラベラは大急ぎで働き始めた。土曜までにしなくてはならない用事がたくさんある。服は買い物に行くまでなんとかなるだろう。流行の最先端とは言えなくても、タイタスに恥をかかせるようなものは着ていけない。大事な品々を慎重に荷造りし、新しい管理人にいい印象を与えるように辺りをきちんと片づけた。そのあと磁器と銀器を包み、今後の計画を立てながらアラベラはいつもより遅く床についた。

翌朝、アラベラはマーシャル医師に呼ばれた。

「やあ、辞めることになったそうだね」彼は機嫌よく言う。「でも、今後はもっとたびたび会えることになるはずだが。君とタイタスの両方にとって、こんないいことはない。君たちが幸せになるのは確実だよ。今日新しい管理人が来たら、仕事の説明をしてあげてほしい。タイタスに、何時ごろ迎えに来てほしいか知らせることだね。うちへも来て、妻に会ってもらいたいな。結婚式で君の父親役を務めるようにと頼まれて、妻も君に会いたいと言っている」

「もちろん、うかがいますわ。父親役をしてくださるそうで、ありがとうございます。わたしの親戚《しんせき》はみんな遠くに住んでいますし、どっちみちわたしのことには興味がなさそうなので……」

新しい管理人のミスター・フリンは朗らかな中年の男性で、バス会社を解雇されたあとで再び仕事と住居が得られ、大喜びしていた。エレファント・アンド・キャッスル地区のアパートの一室に一人暮らしの身だが、そこに未練はないらしい。

ミスター・フリンは地下室を見て、満足だと言った。「家具が少しいりそうだけど。カーテンとマットを残していってもらえたら、ありがたいな。もちろん買い取りますよ」

「差し上げます」彼に好意を感じて、アラベラは言った。「家具やおなべ類も。わたしは結婚するので、もういらないんです」

「やあ、それはよかった。本当にいいんですか？」

「ええ、もちろん。じゃ、ここの仕事について説明しますわ。午前中の患者さんが帰ったら、わたしが案内しますから内部をすっかり覚えてください」

「いい子犬がいますね……猫も。わたしの猫も、ここへ連れてきても文句を言われませんかね？」

「わたしはパーシーを飼うとき、許可をもらいました。バセットはほかに行き先がなかったんです。動物はいい話し相手になってくれますわね」

「それは確かだ」彼は周囲を見回した。「ここはまったく申し分ないですよ」

「仕事もいい仕事です。皆さん親切だし……。コーヒーを飲んでから階上へ行きましょう。明日の朝の十一時ごろ来られますか？　清潔なシーツと、食糧戸棚に何か食べ物を置いておきますわ。土曜に掃除がすんだらあとは暇だから、わたしは買い物することにしていました。五分ほど歩けば何軒かお店がありますよ。皆さんが帰られたあとは鍵とかんぬきをかけて、毎晩寝る前にもう一度確認します。玄関での応対のことは、マーシャル先生から聞かれたでしょう？　受付係のミス・ベアードも、とても親切な人ですよ」

やがてミスター・フリンが帰ると、アラベラは急いで昼食をとり、午後の患者を出迎えるために階上へ行った。

タヴェナー医師の姿はどこにも見当たらなかった。ミス・ベアードが、彼はバーミンガムへ行って金曜まで戻らないと言った。

「あなたにおめでとうを言う暇がなかったわね、アラベラ」優しい口調だ。「タヴェナー先生はすばらしいかたよ。きっと仲よくやっていけると思うわ」

アラベラは礼を述べた。「まだ、式はいつになるのかわかりませんけど……」

「あなたが辞めたら寂しくなるわ」

「ありがとうございます。ここでの生活はとても楽しかったです。新しい管理人もよさそうな人で、再就職できたことを喜んでいるようでした」

土曜の朝、早起きしたアラベラは、はたきと掃除機をかけ、花瓶に新鮮な花を生けて、あわただしく朝食をすませた。スーツに着替えてその上からいつものオーバーオールを着ると、万事用意が整ったか確かめてからドアを開けるために階上へ行った。

約束の時間どおりに来たミスター・フリンを、患者と患者の合間をねらって地下室へ導いた。食糧戸棚を見せ、牛乳屋について説明し、テーブルに置いておいた心得書きを差し出した。

なかなかタヴェナー医師が現れないので、アラベラは不安になってきた。わたしのことを忘れたのかしら？　それとも結婚を考え直したのだろうか？　そんなばかげた考えを持ったのは、興奮して気持が高ぶっていたせいだということが、正午少し前に彼が静かに現れたときわかった。

用意はいいかと落ち着き払った声できかれ、アラベラは不機嫌になった。結婚という出来事が、彼の人生ではたびたび起きているかのように思える。

タヴェナー医師は急ぐようすもなくミスター・フリンと話をしてから、午後になったらバターに荷物を取りに来させると言った。バセットを片腕に抱き、パーシーのバスケットをもう一方の手で持ち上げてアラベラに尋ねる。「みんなにさよならを言った？」

「ええ」アラベラはそう答えると、ミスター・フリンと握手をした。車に乗り込んでからタイタスに言う。「バターという人は、あなたの田舎のおうちに住んでるのかと思ったんですけど」

「そうだよ。君を迎えに来るんだ。ぼくは午後に急用ができたから、今夜行くよ。祖母が君を待っているし、バターがよく面倒を見てくれるさ」

もしわたしがすてきな服装をしたチャーミングな美人だったら、かんかんに怒って自分を小包み扱いした彼に謝らせるのに……アラベラは心の中でそう思った。

「ぼくが連れていってあげられなくて、申し訳ない」とタイタスが言うのを聞いて、アラベラは赤くなった。「急に用事ができてね、後回しにするわけにはいかないんだ」彼はピンク色に染まった頬を見てかすかに微笑した。「次の土曜に結婚することに賛成してくれるかい？　それまでに、買い物はできる？」

「ええ、ありがとう。パーシーとバセットも、あなたのもう一つのお宅へ連れていっていいですか？」

「もちろん。そして日曜にまたこっちへ連れて戻ろう。バセットはとても行儀がいいし、パーシーは君のそばにさえいられたらどこでもいいんだろう？」

「ええ。逃げ出したりしないと思いますけど……」

「荘園でかい？　いや、敷地の周囲には高いれんがの塀があるし、ビューティーのきょうだいのデュークが、見張り番をしてくれるよ」

リトル・ヴェニスに着くと、ミセス・ターナーが玄関まで出迎えに現れた。アラベラはどう受け入れられるだろうかと内心気をもんでいたので、温かく迎えられてほっとした。

「わたしは何年も前から先生に、結婚なさいませ、と言い続けてきたんですよ」ミセス・ターナーが、アラベラを洗面所へ案内しながら言う。「先生があなたみたいないいかたを選ばれたんですから、喜んでお世話させていただきますわ、ミス・ロリマー」

「まあ、ありがとう、ミセス・ターナー」アラベラは足を止めて手を差し出した。「約束の握手をしましょう。先生のお好みが、あなたにはよくわかっているでしょうから教えてくださいね」

「わかってますとも。先生は気むずかしいかたではないけれど、きちんとしたことがお好きでしてね。お式はいつですの、ミス・ロリマー？」

「次の土曜だから、あなたにも出席していただきたいわ。ごく小規模にするんです」

「ぜひうかがいますわ」

一人になったアラベラは、きちんとまとめた髪をいっそうきちんとなでつけ、口紅をつけ直した。緊張しながらゆっくり廊下へ出ていくと、突き当たりのドアのところからタイタスが声をかけてきた。

「こっちだよ、アラベラ。昼食の前に一杯飲もう」

アラベラは、居心地のよさそうな小さな部屋に入っていった。火の入った暖炉と、安楽椅子や本棚があり、窓から庭と運河が見える。窓際に丸いテーブル、そしてその両側にマホガニーの椅子が置いてあった。

「ぼくはここで朝食をとるんだよ。君はこの部屋を居間に使うといい。君のお母さんの仕事机が、ここにぴったりだと思わないか？」

タイタスはアラベラのために暖炉のそばへ椅子を引き寄せた。暖炉の前には三匹の動物が、バセットを真ん中にして一列に並んでいる。

「ビューティーは、パーシーが許してくれたらバセットを養子にしそうだな」彼はアラベラにグラスを手渡した。「シャンパンだ。祝うべきことがあるんだからね、アラベラ。ぼくたちの幸せな将来のために乾杯しよう」

「ええ、本当に幸せになれますように」アラベラは心の底から言った。

5

バターが運転してきた紺色のジャガーに乗って、アラベラは午後出発した。バターはうれしそうにアラベラを前に、動物たちを後部席に座らせた。

幸福感と満足を感じるべきなのに、なんとなく不安だ。タヴェナー医師は気を遣って親切にしてくれたが、わたしが出発するときにはほっとしたように見えた。今日の急用は、彼にとってはかなり大切なことらしい。ガールフレンドと会うのだろうか？　彼は何度も恋をしたと言っていたから。結婚できない人に……人妻か、それとも独身主義の女性に、彼は別れを告げに行ったに違いない。そんな悲しい想像をしていると、なんだか彼が気の毒で泣きたくなった。しかしそのとき、バターが話し始めた。

「リトル・ヴェニスの家は悪くないですが、荘園《しょうえん》こそ本当のお宅なんですよ。お屋敷自体は大きくはないけれど敷地が広くて、立派な庭がありますからね。わたしと妻はもう何年も前から住み込んでまして、先生のお父様のお世話もしました。先生は村でも評判のいいかたです。大奥様も付添人と一緒に同じ屋根の下にお住まいですが、ご自分の部屋を持って独立しておられますよ」

バターは運転が上手だ。六十キロほどの時速で走る安全運転主義者のように見えるのに、その倍に近い速度で飛ばしている。

「速すぎますか?」

「わたしはスピードのあるほうが好きですわ」

「先生はロールスをかなり飛ばされますよ。あなたも運転をなさいますか?」

「以前はローヴァーを」

「いい車ですね。荘園のガレージにミニがありますから、お一人のときにはちょうどいいと思います」

わたしが一人で過ごす日は多くなりそうだ。未来を思い浮かべようとしても、浮かんでこない。

間もなく到着するのだ。早くお茶を飲みたいが、このままずっとドライブを続けたい気もする。タイタスの祖母に会うのが心配だ。初めて会ったときのわたしは、玄関の呼び鈴に応《こた》えて、コートや傘を預かる管理人だった。孫があんな仕事をしていた女と結婚するのをいやがっているかもしれない。

赤い屋根の石造りの民家が並ぶ小さな村が見えてきた。教会の前を通って緩やかな坂を上がり、頂上の急カーブを曲がった。

冬のたそがれの中に絵のように美しく浮かび上がった荘園を見て、アラベラは驚嘆のため息をもらした。バターが車を止めると玄関のドアがぱっと開き、小柄ではあるがどっしりした体つきの女性が、寒さにもめげずに階段の上に姿を見せた。

車を降りたアラベラは、バセットを抱いて歩いていった。パーシーのバスケットはバターが運んだ。

「まあまあ」小柄な女性がアラベラの手を取って言った。「わたしがバターの家内です。ようこそいらっしゃいました。寒いから早く中へ入ってお茶を召し上がれ。ミセス・タヴェナーとミス・ウェリングのお茶はもうすみましたけど、あなたが到着したら一杯差し上げてと言われているんです。コートをお脱ぎください。すぐにお茶のトレイを持ってきますわ。あなた、その子犬と猫を庭へ出してやってね」

「ひもをつけましょうか?」アラベラはきいた。

「わたしに任せてください」バターがこともなげに言う。「お茶のあとで、あなたをミセス・タヴェナーのお部屋へお連れしますよ」

アラベラは、羽目板張りの小さな部屋へ入っていった。安楽椅子が燃え盛る暖炉に照らされている。

「だんな様はこの部屋をよく使われるんですよ」ミセス・バターはトレイをテーブルに置いた。「犬を散歩させたあと、おなかがすいたとおっしゃって、巨人のように召し上がるんです。でも先生は本当に巨人ですわね。それに、とてもいいかたですわ」

ミセス・バターは出ていこうとして足を止めた。

「先生が結婚なさることになって、大喜びしていますの。この家には、奥様と大勢の子供さんが必要ですからね」

アラベラは少し圧倒されてほほ笑んだ。そして動物たちのことが気になり始めたところへドアが開き、パーシーを抱いたバターが入ってきた。バセットは彼の足元ではねている。黒いラブラドール犬も一緒に現れ、バセットをそっと押してからアラベラを見つめた。彼女に頭をなでられるとうれしそうに吐息をつき、暖炉の前に座り込んだ。やがてバセットがその隣に、そしてパーシーまでそこへうずくまった。

「ではミセス・タヴェナーのお部屋にご案内しますよ」バターが言う。「この三匹がもっと仲よくなるまで、ドアを閉めておきましょう」アラベラがためらうのを見て彼は続けた。「ご心配なく。デュークはとてもおとなしいし、猫が好きなんですよ」

アラベラが思っていたよりも家は大きく、いくつも廊下や階段があった。ミセス・タヴェナーの住居は二階の廊下の奥にあって、裏庭に面していた。バターがノックすると、ミス・ウェリングが出てきて、アラベラをにこやかに招き入れた。「ミセス・タヴェナーがお待ちかねですよ、ミス・ロリマー。あなたのお幸せをお祈りしますわ。先生が結婚なさるので、みんな喜んでます」

ミス・ウェリングは、さらにいくつかドアがある廊下を先に立って歩いていき、突き当たりのドアを開けた。張り出し窓のある大きな部屋の中は、家具がいっぱい置かれていた。暖炉に火があかあかと燃えていてとても暖かい。ミセス・タヴェナーは膝に本を置き、背を真っすぐにして座っていた。

「ああ、タイタスの花嫁さんね。我が家にあなたを迎えることができて、本当にうれしいわ。こちらへ来てわたしにキスしてちょうだい」

アラベラは注意深く家具の間を縫って進み、老婦人の頬にキスをした。そしてすすめられるままに椅子に腰を下ろした。

「タイタスが三十分ほど前に電話をかけてきましたよ。あなたが着いたかどうか確かめるために。彼自身があなたを送ってこられなかったのは残念ね。でも大切な用事があったのよ。あなたはここでしばらく過ごせるそうで、うれしいわ。この家を自分の家だと思ってちょうだいね。いずれそうなるんですから。わたしはここに住んでいるけれど、タイタスの邪魔はしないし、あなたの邪魔をする気もないわ」ミセス・タヴェナーはにっこりした。

「アドバイスや話し相手が欲しいときには、遠慮なくわたしのところへいらっしゃい」

アラベラはミセス・タヴェナーが好きになった。「アドバイスがたくさん必要みたいですわ。彼のプライベートな面については、何も知りませんので」

ミセス・タヴェナーは考え深げにアラベラを見た。「知りたいことはなんでも、彼が話してくれるはずですよ。今まで話し合う機会があまりなかったんでしょう」

それは確かだ。

やがてミセス・バターが迎えに来た。「あなたのお部屋へご案内しますよ。先生は一時間以内にお着きだから、それまでに用意をなさいませ。お荷物は勝手にほどかせていただきましたよ」

とてもすてきな部屋だった。いちい材とりんご材の調度品が置かれ、パステルカラーのカーテンがカーペットとベッドカバーの淡い色によく合っている。

アラベラは先に入浴をすませた。空想にふけりながらいつまでも温かいお湯につかっていたい思いを振りきって浴室から出ると、ブルーのシルクのドレスに着替えた。流行遅れだがエレガントなデザインだ。ていねいに化粧をし、髪をきちんとまとめて階下の小さな部屋へ再び入っていくと、動物たちは依然として仲よく満足そうに座っていた。マントルピースの上の時計が七時を知らせるのを聞いて、アラベラは驚いた。タイタスはいつ到着するのだろう？

それから数分後に、ビューティーを従えてタイタスが入ってきた。「三十分前に着いたんだが、今まで書斎にいたんだよ。もう落ち着いた？　祖母には会ったかい？　バターとミセス・バターが面倒を見てくれたかな？」

彼が腰を下ろすと、ビューティーがその横を通ってパーシーの隣へ行った。

「動物たちはうまく慣れたようだね。君にも早く慣れてもらいたいよ、アラベラ」

アラベラは注意深く満足そうな声で答えた。「ええ、もちろん。ここは美しいお屋敷ですね」

「ああ。明日、敷地内を案内してあげるよ。午前中に一緒に教会へ行ってくれるかい?」

「喜んで。ここまでのドライブはいかがでした?」

「快適だったよ。これから、できるだけここへ来ることにしよう。それと、ぼくが仕事で旅行するとき、君が同伴してくれたらうれしいんだが。今月末にはライデンへ行くことになっている。あそこに住んでる友人のことも、君はきっと気に入ると思うよ」

「オランダのかたですか?」

「友人はそうだが……彼の妻はイギリス人だ。そしてもちろん、クリスマスにはここへ来るようね」

数時間後にベッドに入って眠りかけたアラベラの頭からは、もう疑問は消えていた。タイタスとは、まるで古くからの友達のようだ。彼が言ったとおり、二人は強烈な感情を抱き合っていないからこそ、親友同士のようにふるまうことができるのだ。

夜中に目が覚めたとき、アラベラは地下の部屋にいると錯覚し、動物たちを足先に感じないので心配になって体を起こした。それから思い出した。自分は今、別のところにいて、動物たちはタイタスの二匹の犬と一緒に階下の部屋で眠っていることを。

翌朝、礼拝のあとで、タイタスは牧師夫妻を荘園に招いた。牧師の妻はアラベラに興味を持ったようだ。タイタスはシェリー酒をすすめながら、結婚式に関する牧師夫人の巧みな質問を受け流していたが、二人が帰ったあと、彼女はいい人だがおせっかいやきなのだとアラベラに言った。

「彼女も結婚式に出席するはずだ。午前十時で早すぎないかな？　そのあと、ここで祖母と食事をしてから、午後ロンドンへ戻ろう」彼は部屋を横切ってきてアラベラの腕を取った。「昼食の前に家の中を案内するよ」

大きな応接室の隣にダイニングルーム、書斎、動物たちが自分の居場所と見なしている小部屋、それから裏庭に面した音楽室につながる部屋。二人はそこに立ってしばらく冬の庭の景色をながめた。

「あのつつじの向こうにプールがある。壁の端にある小さなドアをくぐった先は野菜畑だ。さあ、二階へ行こう。ミセス・バターの邪魔をしたくないから、キッチンは後回しだ」

階段を上がって、彼が両開きのドアを開けた。

「ここが君の部屋になる」

大きな部屋だった。窓がバルコニーにつながっている。クリーム色のカーペット、薔薇《ばら》の模様のシルクのカーテンとベッドカバー、天蓋《てんがい》つきのマホガニーの四柱式ベッド。同じ材質の大きな化粧台、ピンクの電気スタンドが置かれたベッドサイドテーブル、そして淡いブルーの寝椅子と小さな安楽椅子がある。毎朝ここで目を覚ますことになるなんて、すてきだ。

「まあ、きれい！」アラベラはゆっくりと一回りした。「そのドアの向こうには何があるんですか？」

「バスルームと化粧室、そして衣装戸棚だ」

その先にもう少し小さい飾りけのない寝室が見えた。「ぼくの部屋だよ」彼は短く言うと、アラベラを導いて別のドアからまた廊下に出た。

部屋の数が多すぎて、一度には覚えられない。さらに階段を上がって上の階へ行くと、その階の部屋はいずれも小ぶりながらきちんと装飾がしてあった。廊下の突き当たりにはベーズを張ったドアがある。

「この先はバター夫婦のフラットだ」彼が説明した。「二人のメイドは通いだよ」腕時計を見て言う。「階下《した》へ行って昼食を食べよう。午後は敷地を案内するよ」タイタスは階下へ行く途中で足を止め、ポケットから小箱を取り出した。「忘れていたよ。君の指輪だ」

アラベラはゆっくりと受け取り、ベルベットのふたを開けた。古風なデザインの指輪で、すばらしいダイヤが半円形にはめ込まれている。

「花嫁から次の花嫁へと、先祖代々譲り渡されてきたものなんだ。サイズが合うといいが」

彼ははめてくれようとはしなかった。が、アラベラはそんな感傷的で無意味なことは考えまいとした。指輪がぴったり合ったので、手を前へ伸ばしてうっとりとながめた。「きれいだわ」

そっけなく贈られたからといって、感謝の気持を示さなかったら失礼だ。

「ありがとう。光栄に思ってはめます」

にこやかに彼を見上げると、奇妙な表情が目に表れていた。だが、それはすぐ消えていつもの無感情な顔つきが戻った。気のせいだったに違いない。

昼食のときにミセス・タヴェナーが言った。「ああ……その指輪をはめているのね。あなたの手はきれいだこと」タヴェナー家の歴史や村に住む人たちの話をしながら食事をしたあと、ミセス・タヴェナーは自分の部屋へ引きあげた。「わたしはお昼寝をするから、お茶の時間にまた会いましょう」と言って。

アラベラとタイタスは応接室でコーヒーを飲んだ。動物たちは暖炉の前にのびのびと横たわっている。

するとタイタスが言った。「コートを取ってきたら、暗くなる前に庭を見せてあげるよ」

寒さにもかかわらず、庭を見て回るのは楽しかった。彼が野菜畑に通じるドアを開けたとき、アラベラはうれしそうに言った。「ああ……思い出すわ」そして口をつぐんだ。

「君の家の庭を？　この辺りの家には、こういう壁に囲まれた庭があるんだ。温室を見てごらん。年取った変わり者の庭師が、あらゆるものを栽培しているよ。今年の夏から、彼の孫息子も雇ったんだ。いずれいい庭師になると思うよ」

「老人と少年だけでここを全部手入れできるんですか？」アラベラは、秩序よく列をなした畑と、葉の落ちた果樹林を手で示した。

「週に何日か二人の男を雇っていて、重労働は手伝ってもらっているんだ。こっちへ来てごらん」

アラベラはその場を離れずに言った。「わたしには自信がないわ。あなたの、そしてこのすべてのものの期待にそえるかどうか……」

タイタスはアラベラの腕を取り、キャベツとねぎの畑に沿って歩き始めた。「なぜぼくに妻が必要か、これでわかっただろう？　ぼくも期待を裏切らないように、だれかに手伝ってもらいたいんだよ」

「でも、ここはあなたのおうちじゃありませんか」

「君のうちにもなるんだよ……」

「何を言われても受け答えがお上手なんですね」

「だが、無理強いはしたくない。君がまた自由になりたかったら、そう言ってくれればいいよ」

その言葉が再びアラベラを驚かせた。「本当にわたしと結婚したいの？　確かに？」

「確かだとも」タイタスはアラベラの頬にキスをすると、また彼女の腕を取った。「ぼくについてきてほしい。見せたいものがあるんだ」

彼の腕が肩に回ってくると、アラベラの疑いは溶け去った。彼の妻になることが、管理人の仕事より困難だとは思えない。

二人はアーチ型の戸口をくぐっていった。「あら、馬屋だわ。馬に乗るのがお好きなの？」

「ああ、たびたび乗るよ」彼は馬屋のドアを開けた。「中へ入ってごらん」

中には小型の馬がいた。小さなろばも。アラベラが中へ入ると頭を上げ、いななきながら近づいてきた。

「まあ、ベスだわ！」アラベラは声をあげた。「ジェリーも！」間に立って二頭を抱きしめ、耳元でささやきながらなでてやる。

「結婚祝いだよ」タイタスが静かに言った。「さあ、ベスに角砂糖と、ジェリーにはにんじんだ」

アラベラはそれを無視した。「ああ、タイタス、なんとお礼を言ったらいいかしら？　うちを出て以来、こんなすばらしいことが起きたのは初めてだわ」彼が眉を上げてかすかに微笑したのには気づかずに、アラベラは動物たちのそばを離れると、伸び上がって彼の頬にキスした。「あなたには、きっとおわかりにならないでしょうけど……」と言うなり声をあげて泣き出した。抱き寄せられ彼の肩に顔を埋《うず》めてすすり泣いていたが、やがて鼻声で言った。「ごめんなさい。はしたないことをしてしまったわ。ただ、あまりうれしかったので……」

タイタスは大きな白いハンカチを差し出した。「旧友に再会するのはいいものだよ」気楽な口調だ。「もうベスには乗らないんだろう?」

「ええ、最後に乗ったのは、わたしが十五のときでした。もう年寄りなんです。ジェリーも」

「そうだろうな。二頭ともここで余生を過ごさせたらいい。庭の向こうに馬場があるから、毎日二、三時間ずつ出してやっているよ。庭師のスプーナーじいさんの孫のディッキーは動物の扱い方がうまいんだ。彼になら安心して任せられるよ」

アラベラは涙ぐんだままにっこりした。「お礼を言い続けても仕方がないでしょうけど……」

「もういいよ。君を喜ばせることができてよかった。家へ戻ろうか?　ぼくはお茶のあと、すぐまた出かけなくちゃならないから」

アラベラはもう一度動物たちを抱きしめ、明日また来ると約束してから家に戻った。涙にまみれ、鼻が赤くなると、もともと平凡な顔がいっそうぱっとしなくなることに、彼女は気づいていなかった。

自分の部屋へ戻って鏡の中の顔を見てぞっとした。外はたそがれていたから、タイタスは気がつかなかったに違いない。化粧を直してから、お茶のために階下へ行った。ミセス・タヴェナーに付き添うミス・ウェリングは相変わらず恐縮したような表情だが、食べ物は充分にとっている。喜んでいても悲しげに見える人なのかもしれない。タヴェナー家の人たちには旧友扱いされているし、アラベラにお祝いの言葉を述べたときの表情はとても明るかったから。

お茶を飲み終わるなりタイタスは立ち上がった。「ぼくは行かなきゃ、お祖母《ばあ》さん。土曜の朝早く戻る予定だから、バターにそう言っておきます」

彼は祖母の頬にキスし、ミス・ウェリングと握手したあと、口笛を吹いてビューティーを呼んだ。見送られることを期待しているようなので、アラベラはついていった。玄関でバターが待っていた。

タイタスの簡潔な指示を聞いてからバターが気をきかせて姿を消した。アラベラとタイタスはドアの前で向き合った。

「毎日デュークに運動をさせてやってくれないか？　いつもバターが連れ出してくれてるが、デュークには君のペースのほうが合いそうだ。いつ買い物をしたいかバターに言えばいい。たくさん買い込む必要はないよ。ロンドンへ戻ってからいくらでも買えるからね。

子犬とパーシーの世話をしてやったらいい。うまくここに落ち着いたようだけどね」

「気をつけて運転なさってくださいね」そう言って、アラベラはビューティーの頭をなでた。

「幸せかい、アラベラ?」タイタスは唐突に尋ねてアラベラを驚かせた。

「ええ、幸せです。ありがとう、タイタス」

彼はアラベラの頬に軽くキスすると、ビューティーと車に乗り込み、手を振って去っていった。


だれもかれも、みんなが親切だ。アラベラが気楽に過ごせるように、気を遣ってくれている。食事はミセス・タヴェナーとミス・ウェリングと一緒にしたが、それ以外の時間はアラベラは一人で過ごした。寒くてもデュークを散歩に連れ出し、辺りの風景になじんでいった。牧師夫妻とコーヒーを飲む機会もあった。牧師の妻は、アラベラとタイタスが熱烈に愛し合っていると思い込んでいる。

「あなたが荘園に来られて本当にうれしいわ。タイタスは長い間独身を通してきましたからね。あなたがこちらに移ってこられるのを楽しみにしてますの。古風ですてきなお宅ですものね、お子さんたちのためにもいいですよ」

アラベラが頬をピンクに染めた理由を誤解して、彼女はにっこりした。

その週の半ばに、アラベラはバターの運転でバスまで買い物に出かけた。夕方また迎えに来てもらう約束で一人で見て回った。手持ちのお金を全部バッグに入れてきていた。たいした額ではないが、これで欲しいものは買えるだろう。

これぞと思うジャケットとスカートを見つけたときには昼食どきになっていた。冬空のようなブルーの上質のウールで、対のシルクのブラウスがついている。それからしばらくして、高いクラウンに細いつば付きのベルベットの帽子を見つけた。これを目深にかぶったら、すてきになりそうだ……。

さらにプリーツの入った格子じまのスカートとそれに合うジャケット、セーターを二枚、下着、コットンとニットのシンプルなドレスを買うと、現金をほとんど使い果たした。靴と手袋は昔のもので間に合う。ハンドバッグが欲しいけれど、それは後回しだ。小さなカフェで遅めの昼食をすませてから、バターと待ち合わせている場所へ行った。

帰宅して自分の部屋に入ると、買ってきた品々をベッドの上に広げた。これはこれとして、結婚したらまた買い物をしなければ。有能な医師の妻の衣服としては、これだけでは不充分だ。帽子をかぶってみた。それは買ったかいがあった。

その夜、夕食のときにミセス・タヴェナーに、いい買い物をしてきたと話した。「でも何を買ったかは、ないしょにしておきますわ」

タイタスは一度だけ電話をかけてきた。花婿付添人と一緒に朝食前に着くと言う。マーシャル医師夫妻は金曜の夜に到着して荘園に泊まることになっていて、そのことはバターに言ってあるそうだ。彼は土曜の朝に教会で会おうと言って電話を切った。妹にでもあいさつするような口調だった。

しきたりを重んじるミセス・バターが、土曜の朝アラベラの部屋へ朝食を運んできた。

「先生がお帰りになりましたよ。マーシャルご夫妻とお食事中です。さあ、召し上がれ……わたしは三十分ほどしたら来て、お風呂の用意をしますからね。教会へは遅れずにいらっしゃらないと」

アラベラは朝食をすませた。これからは興奮状態になって何も喉を通らなくなるだろう。結婚の日を迎えた自分をできるだけ美しく見せようとして、彼女は慎重に着替えをした。鏡に映る姿は悪くなかった。もっと美人だったらよかったのだが、タイタスに愛されているわけではないから、それはどちらでもいいことだろう。まともな服とお化粧とヘアカットを利用して、これから自分を改良すればいいのだ。

出発の時間が来た。ミセス・バターが、大げさな帽子と襟元に花をさしたコートを身につけて現れた。

「おきれいな花嫁さんですこと。だんな様は教会へ行かれて、マーシャル先生が階下でお待ちですよ」

マーシャル医師はアラベラにキスして言った。「きれいだね……その服も似合ってるし、帽子もとてもいい。さあ、出かけようか」

小規模な式のはずだったのに、村の人口の半分が教会へ詰めかけたようだった。

戸口でためらうアラベラに、マーシャル医師が花束を手渡してささやいた。「タイタスからだよ」

薔薇、ゆり、なでしこに、鈴蘭《すずらん》と水仙が混じっている。アラベラはそこへ鼻を埋めて香りをかぐと、マーシャル医師の腕を取り、タイタスの背中に目をすえながら通路を歩いていった。そばまで行くと彼が振り返ってにっこりした。アラベラもほほ笑み返した。旧友同士が再会したような感じだわ……ぼんやりと思った。でも、これで何もかもよくなるのだ。

アラベラは、小さいけれどもはっきりした声で宣言した。どの約束もすべて守り通すつもりだ。将来を予想することはむずかしいが、彼の望みどおりの妻になるように全力を尽くそう。

その日は夢のように過ぎていった。ほほ笑み、しゃべり、握手して、お祝いのキスを受けた。シャンパンを飲みすぎたと思いながら、タイタスに手を支えられながらケーキを切った。やがてロールスに乗り込んだときには、後部席の動物たちまで紙ふぶきだらけになっていた。

いったん村を出てしまうと、タイタスが一時停車所へ車を乗り入れた。

あげるよ」

「ブラシとちり取りを持ってくるべきだったな。もう少しこっちへ寄って。払い落として
二人は笑いながら払い落とした。動物たちのひげや毛並みから紙ふぶきを取り除くのは一仕事だった。

「これでましになったな」タイタスが言う。「君の顔が見えるようになったよ。その帽子はいいね」

「ありがとう。それから、きれいなお花をありがとう。結婚式は大成功でしたね」

「もちろん。さあ、今度は結婚生活を成功させよう。ぼくは楽しみにしているんだ」

「わたしも」アラベラは言った。

ミセス・ターナーは式には出席したが、一時間前にバターと出発したのでリトル・ヴェニスに先に着いて、二人を歓迎する用意をしているはずだ。バターは村のパブでの結婚祝賀会に遅れないように、折り返し荘園へ向かっているだろう。

車はたいして込んでいないたそがれの道路を疾走し、暗くなるころにはリトル・ヴェニスの前に着いた。明かりが煌々《こうこう》とともっている。ミセス・ターナーがぱっとドアを開けた。

「あれほどすばらしい結婚式は初めてでしたわ」二人が屋内へ入るなり言う。「たくさんの美しいお花、オルガン、そして奥様はとてもおきれいで……。応接室にお茶の用意ができておりますよ。動物の世話はわたしがいたしますわ。お二人とも喉が渇いてらっしゃる

でしょうから」

「ありがとう、ミセス・ターナー。でも、まずミセス・タヴェナーを部屋へ案内してくれないか。犬たちとパーシーは、ぼくが庭へ出すよ。あとでえさをやってくれるね？」

アラベラはミセス・ターナーに従って階段を上がり、運河を見下ろす奥の部屋へ行った。広々していて、ドアがバルコニーの方へ開くようになっている。調度品は荘園にあったものとよく似ていた。パステルカラーでまとめられ、大きな四柱式ベッド、りんご材の化粧台、安楽椅子、きれいな電気スタンドを置いたテーブル。そしてクリーム色の壁には、繊細な水彩画がかけてある。

「そのドアの先がバスルームで、反対側が化粧室でございますよ、奥様。足りないものがありましたら、なんでもお申しつけくださいませ」

「何もかも申し分ない状態に違いないわ。これから、わたしにアドバイスをしてくださいね」

「はい、喜んで。先生のオフィスへ来られる前にはロンドンにお住みではなかったんですね？」

「ええ。シャーボーンの近くの田舎で、荘園ほど大きくはないけれど、広々した家に住んでいました。でもこの家もきれいですね。ロンドンとは思えないほど静かで」アラベラは窓から離れた。「あなたのお手伝いをしてくれる人もいるんですか？」

「ええ、メージーが毎朝来ます。働き者で、いつも朗らかで、いい娘《こ》ですわ」

しばらくして、アラベラは応接室に行き、タイタスととりとめのない会話をした。そうして過ごしながら、彼と結婚してから何年もたったような、奇妙な気持を味わった。お互いを気楽に受け入れ、黙っていても気まずさを感じない老夫婦のようだ。これでいいのだとは思うが、頭の奥に漠然とした疑問が浮かんだ。もしタイタスがそんな気楽な段階に達する前にしておくべきことがまだたくさんあったと気づいたら、どうなるのだろう？　もし美しい女性に出会って恋に落ちたら？　わたしと一緒にいるとくつろぎを感じるらしいけれど、それだけでは不充分だと思う日が来たら？　ディナーパーティで彼を楽しませようとやっきになっていた離婚した女性たちのことを、懐かしく思い出すときが訪れたら？

アラベラはかすかに眉をひそめた。結婚式の当日にこんなことを考えるべきではないわ。これからは、彼の妻にふさわしいように身なりにもっと気を配り、交際を広めて、おしゃれなディナーパーティを催す計画でも立てよう……。

タイタスはアラベラを見ながら、彼女は何を考えているのだろう、と思った。「長い一日だったね。疲れただろう？」

「ええ」アラベラは冷静な態度で嘘《うそ》をついた。「もうやすんでもいいかしら？」

6

アラベラは全然疲れていなかった。大きなベッドの中で体を丸め、今日一日を思い返してみる。すべてが支障なく運んだが、そうなることはわかっていた。タイタスは何事も完璧《かんぺき》でないと満足しない人だからだ。ここは住み心地のいい家だが、荘園《しょうえん》に心を引かれる。ベスとジェリーもいるからだ。タイタスはできるだけたびたび荘園へ行こうと言った。彼は約束を守る人だ。これから毎日どうやって過ごそうかしら……と考えているうちにアラベラは眠りに落ちた。

翌朝、二人は一緒に朝食をとった。二匹の犬とパーシーが、暖炉の前に並んで座っている。気楽な会話を交わしているうちに、昨夜は疑問を抱いていたにもかかわらず、アラベラは気が安らぐのを感じた。

「午後、犬たちを公園へ連れていこう」タイタスが言う。「バセットには運動が必要だ。ビューティーが番をしてくれるよ。教会へは歩いて行ける……ほんの十分ほどのところだ。ぼくは電話をかける用事があるから、一時間後に出かけるとしよう」

アラベラは環境に慣れさせるために動物たちを連れて庭に出た。寒い朝なのにコートなしのスーツ姿だった。コートは古いものなので教会へは着ていきたくない。あれを着ていったら、タヴェナー医師の妻はみすぼらしいと思われてしまうだろう。幸いこのスーツにとてもよく合うフェルト帽を持っている。有名な帽子屋で作らせたもので、流行に左右されないシンプルで優雅な形だ。

一時間後、待っていたタイタスにじろじろ見られ、アラベラは頬をピンクに染めた。

「いいね」彼が言う。「でも、もっと厚いコートを着るべきじゃないかな」

「わたしのコートは古すぎるんです。あんなのを着ていったらあなたに恥をかかせることになるわ」

「まさか。でも明日買い物に行って必要なものをなんでも買ったらいいよ、アラベラ。ハロッズで気に入ったものがあったら全部買っていいから」

「女に向かってそんなことを言っては危険だわ」

「君なら危険じゃないさ。時間ができしだい君に口座を開いてあげるから、それまではハロッズを使ったらいい」

「高いお店だわ。もう数年行ってないわ」

二人は教会へ向かって静かな街路を歩いていった。

「明日の朝、ぼくのクレジット番号を知らせるよ」

「ありがとう。でもどの程度使っていいか言ってくださらなきゃ……わたしには見当もつかないわ」

彼が口にした額を聞いて、アラベラは足を止めた。

「まさかそんな……そんな大金、使えないわ！」

タイタスはアラベラの腕を取って歩き出した。

「君はぼくの妻になったんだよ。ぼくは君を誇らしく思っている。だから夫として、君が欲しいと思うものを全部手に入れてあげたい。それに結婚したからには客も招いたりもしなきゃならないし……そのうち君はいろんな委員会に出席してバザールの計画をしたりするようにもなるよ。そのためにも着るものがいろいろ必要になる。服は好きなんだろう？」

「ええ、もちろん。じゃハロッズを歩き回って楽しく買い物をすることにしますわ。一日以上かかるでしょうけど」

「何日かかってもいいよ。ぼくは今週は忙しくなるんだ。でも週末は荘園へ行くし、その次の週にライデンへ行くときには、君もついてきてほしい」

「喜んで。わたしのパスポートの期限は切れてしまっているけれど……」

「その手続きは明日の朝しよう」

教会に到着すると、思ったとおりタイタスは席につく前に数人の人々からあいさつされた。アラベラは礼拝に来てよかったと思った。

ミセス・ターナーはとても料理が上手だ。ローストビーフ、野菜料理、そしてデザートもおいしくできていた。コーヒーのあとで二人は、犬たちを公園へ連れていってたそがれるまで散歩をした。そしてアラベラは疲れ果てたバセットを抱いて帰ってきた。ビューティーは疲れたようすもなく駆け回っていた。

二人は暖炉の前でお茶を飲み、いろいろな計画を話しながら楽しい夕べのひとときを過ごした。タイタスは今週中にアラベラを夕食に連れていくと言ってから、目を輝かせてつけ加えた。「新しいドレスを着る機会だよ」

アラベラも目を輝かせた。「まあ、すてき。どこへ行くんですか?」

「クラリッジスさ……ダンスができるからね」彼はアラベラが頬をほてらせるのを見た。「水曜の夜は早く帰れるはずだから、水曜にしようか?」

「ええ」アラベラは一瞬夢の世界へ迷い込んだ……突然美人に変身し、豪華なドレスをまとい、彼をほほ笑ませるような会話をしていた。ふと、友達や同伴者としてではなく、魅力的な女性として見てもらいたくなった。

「君はその頭の中で、何を考えているんだい?」彼は知りたがった。「週末には荘園へ行って、ライデン旅行の計画を立てようね」

その夜、就寝の用意をしながらアラベラは、彼との生活はうまくいきそうだと思った。少なくともいいスタートを切ったと言える。いずれお互いを慕い合うようになるかもしれない……だが、彼に愛してもらえるとは思えない。今まで大勢のチャーミングな女性に心を奪われなかった人が、わたしに夢中になるはずはないもの。くすくす笑うと、アラベラは吐息をついて眠りに落ちた。

次の日、二人は早い時間に朝食をとった。タイタスは郵便物に目を通して患者に関する書類を調べたいようだったので、アラベラは明るく朝のあいさつをしただけで黙っていた。考えることはいくらでもあった。買い物のリストを作ったのだが、忘れていたものを頭の中で二、三追加した。いくらぐらいかかるかと考えていると、突然タイタスが言った。

「アラベラ、もし今日買い物に行って気に入ったものを見つけたら、値札は見ずに買うんだよ。そのことを忘れないように」

「わたしがいくら使ったか、知りたくないの？」

「請求書が来たら払って、もし贅沢《ぜいたく》すぎると思ったらそのときにそう言うよ」彼はテーブル越しにほほ笑んだ。「だいたいの額は言ったが、それを二、三百ポンド超えてもとがめる気はないよ」

しばらくしてタイタスが出かけたあと、アラベラは動物たちを庭へ出してやった。バセットはうれしそうに駆け回り、辛抱強いビューティーにじゃれついたり、パーシーを追いかけて怒らせたりしている。動物たちがそろって屋内へ戻ると、アラベラはミセス・ターナーと話すためにキッチンへ行った。

「いつかこの家を隅々まで案内してくださる？　先生の好き嫌いも知りたいわ。何を買うべきかわかったら、買い物もしたいし」

「まあ、奥様、喜んでご案内しますよ。磁器やリネン類や銀器をお調べください。それから毎朝その日のメニューの相談をしてくださったら、買い物のリストが作れますわね」

「わたしはこれから出かけるんです。少し時間がかかりそうだから、ビューティーとバセットとパーシーの面倒をお願いしますね」アラベラはつけ加えずにはいられなかった。「着るものを買ってきます」

ミセス・ターナーは母親のように言った。「まあ、それはいいこと。でも奥様、昼食をお忘れなく、きちんと食べてくださいよ」

贅沢だとは思ったが、アラベラはタイタスに言われたとおりタクシーを利用した。ハロッズの優雅なドアを抜け、楽しい買い物に取りかかった。

茶色のカシミアのコート、茶とクリーム色のニットのスーツ、ワインカラーのジャージーのドレス、ベージュのウールのスカート。それにカシミアのカーディガンと、ブラウスを数枚買った。コーヒーを飲んで一休みしたあとで、今度はフォーマルなドレスを見に行った。

たくさんの中からローズピンクのドレスとグリーンのドレス、ロングの紺のスカート、そして長袖《ながそで》のイブニングブラウスを買った。

着るものの買い物が終わると、レストランへ行ってオムレツとコーヒーの昼食をとった。一日でこれだけ買えたら充分だ。どれも高かったがまだ予算枠を超えてはいない。

さらに下着と靴を買い足すと、品物を満載したタクシーで帰宅した。雨が降り始めたので、今度買うもののリストにレインコートを追加した。

屋内へ入るなり、ミセス・ターナーがお茶をすすめてくれた。「そうね、急いでいただいてから、これらを二階へ運ぶわ」

「お部屋へ届けさせますよ、奥様。どうぞ座ってお茶を召し上がれ。買い物は疲れますものね」

それでアラベラはお茶を飲んでから自分の部屋へ行った。静かにあとからついてきた動物たちが部屋の片隅に座り、買い物の包みが開けられるのを見ている。アラベラがピンクのドレスを試着してくるっと一回りしたとき、ドアをノックする音が聞こえた。間もなく先生がお帰りですよ、とミセス・ターナーが、知らせに来たのだろう。「どうぞ……」

ところが現れたのはタイタスだった。

「タイタス、時間を忘れていたわ……ミセス・ターナーかと思って。ごめんなさい。階下《した》であなたを待つつもりだったのに……」

「飲み物の用意をして、編み物をしながら?」彼は笑った。「ぼくは、まじめくさった妻よりそのピンクのドレスを着た君のほうが好きだな」広げた衣服と包装紙を見て言う。「これが初日の結果だね? 水曜にはそれを着てくれるかい?」

アラベラは恥ずかしそうに言った。「あなたのお望みなら。でも、ほかにもあるのよ……たくさん買ったので」

「それはよかった。ビューティーはどこへ行ったのかと思っていたんだが、ここで君に見とれていたんだね」

「わたしを見たらうれしそうに二階までついてきたんだけれど、よかったかしら?」

タイタスは部屋を横切ってきてアラベラの手を取った。「ぼくも君を見るとうれしくなるんだよ、アラベラ」軽く彼女の頬にキスする。「階下へ下りて夕食の前に何か飲んだらいい。ぼくはこの三匹をしばらく庭に出してやるよ」

タイタスは口笛を吹きながら動物たちと出ていった。アラベラはピンクのドレスを脱ぎ、いつものジャージーの服に着替えると、髪と化粧を直した。

水曜の夜、外出の用意をし終わったアラベラは、鏡の中の自分を見た。ピンクのドレスのおかげで顔が明るく見える。あれこれ新しいヘアスタイルを試してみたが、どれもしっくりしなかったので、結局何年も前から結ってきたのと同じ形に頭の上のほうに留めつけた。

新しいドレスのせいか、その夜は何もかも順調に運んだ。多忙な一日を過ごしたタイタスだったが、治療や薬品や、専門医と外科医の違いなどについてていねいに話してくれた。アラベラは興味を持って耳を傾けながら、わからない単語が出てくるとそれを暗記しておいて、あとで調べることにした。そうすれば、この次は彼の話がもっとよくわかるだろうと思ったのだ。

コーヒーを飲んだあと、タイタスが言った。「ダンスをするかい？　そのドレスをみんなに見せびらかさないともったいないからね」

アラベラは一瞬いらだったが、すぐに立ち上がった。嘘《うそ》でもいいから、何か優しいことを言ったり、ほめてくれてもいいのに……。確かにわたしは美人ではないけれど、ダンスはきちんと踊れますからね！　アラベラは実際にダンスが上手だった。足取りが軽く、体も葦《あし》のようにしなやかだ。そしてタイタスもまたダンスが上手だった。

彼はアラベラの耳元でささやいた。「まるで月光と踊っているようだよ。ぼくはすばらしい宝物と結婚したわけだな……君は第一級の配管工であり、ダンスの名手でもあるんだから。ぼくが中年になってしまう前に、こういう機会をもっとたびたび作るべきだったね」

アラベラは目を上げた。「中年？　とんでもない。あなたは今が男盛りなんでしょう？」

「ありがとう、アラベラ。君に勇気づけられて、年齢と闘う気になったよ」タイタスはアラベラを見下ろした。「大勢の人が君に見とれているのに気がついてるかい？」

「まあ、そんなこと……」アラベラは赤面した。「もしそれが本当だったら、きっとこのドレスのおかげだわ……」

タイタスはかすかにほほ笑んだ。アラベラといるととても楽しい。彼女がとても自然で率直にふるまっているからだ。ぼくの気を引こうとする気配もない。たくらみ深い女性たちを恋愛相手にしてきたあとだから、こういう態度はとても新鮮で好ましい。

週末になると、二人は荘園へ行った。よく晴れた澄みきった日だったので、外に出て数キロ歩いた。ビューティーとデュークが走るあとを、バセットは遅れまいと懸命に追っている。

アラベラはバセットを抱き上げて言った。「パーシーと一緒に置いてくるべきだったかしら？　まだこんなに幼いんですものね」

「でも、勇敢な魂を持っているよ。ぼくによこしなさい。ジャケットの中に入れてやるから」タイタスはアラベラと歩調を合わせた。「オランダ行きは木曜だよ。出発前にこの連中をここへ連れてこよう。バターが面倒を見てくれるよ。ミセス・バターはパーシーをとてもかわいがっているしね。君は旅行が楽しみかい？」

「ええ、とても。あなたは向こうに行っても一日中お出かけになるわけ？」

「ほとんどね。でも君は、クレッシダときっと仲よくなると思うよ。ぼくは学生時代からアルドリックと親しいんだ。ライデンは大都市ではないが、いい店も見物するところもたくさんある。ゼミナールを締めくくる晩餐会《ばんさんかい》には君も呼ばれてるよ……フォーマルな催しなんだ」

「でも、オランダの人たちばかりでは……」

「ぼくは違うよ。それに、みんな英語を話せるよ」

「楽しそうね」

アラベラの明るい表情を見ているうちに、タイタスは自分も楽しみにしていることに気づいて驚いた。

二人はミセス・タヴェナーとお茶を飲んだ。彼女は二人のロンドンでの生活について詳しく聞きたがった。「でも、ここのほうが健康的よ。アラベラの顔色が着いたときよりずっとよくなったわ」赤くなってティーカップに目を落としたアラベラを見て、ミセス・タヴェナーはあとを続けた。「子供が生まれたら、もっとここで過ごすようにするべきよ。子供の成長には田舎の空気が何よりですからね」

アラベラがティーカップをのぞき込んだまま適当な返事を探している間に、タイタスがすらすらと答えた。「そのとおりですよ、お祖母《ばあ》さん。小さい子供は田舎が好きだ。ぼくも寄宿舎生活を始めるとき、ここを離れるのがとてもつらかった」

そのごまかしが成功し、ミセス・タヴェナーは二人の出発時間が来るまで思い出話にふけった。

車に乗り込み、タイタスの隣に座ったアラベラは、もし彼がさっきの話を持ち出したら何か投げつけてあげようと思った。

しかし彼は一言も触れず、ほかの話題で気軽におしゃべりしているうちにリトル・ヴェニスに到着していた。それについて冗談めかして何か言って、一緒に笑うことができたらよかったのだが。二人が何かの話題を避けようとしたのはこれが初めてだから、気まずい思いがしている。幸いタイタスはそのことを忘れてしまったようだ。彼は祖母の言葉を聞いて、ただゆかいに思っただけかもしれない。

二人は木曜の朝早く出発して動物たちを荘園へ届け、急いで昼食をすませた。アラベラが馬とろばが元気かどうか確かめたあと、夜のフェリーに乗るために車でハリッジへ向かった。長いドライブだったが、コートにくるまり、しゃれたブーツをはいたアラベラは、心がうきうきしていた。高速道路を飛ばしてロンドンを迂回《うかい》し、ウォットフォードからハットフィールドへ行ってお茶を飲むために車を止めた。小さな感じのいいカフェで、熱いお茶とバターつきのクランペットを賞味したアラベラは、満足げにため息をもらした。

「楽しいわ」と言う。

タイタスも同感だった。アラベラと一緒にいると、十歳も若返ったような気がする。やがてまた車を走らせ、それからフェリーに乗り込んだ。夕食後に自分の船室へ入ったアラベラは、海が荒れ模様だったにもかかわらず熟睡した。

翌朝、ロールパンとコーヒーの朝食を楽しむアラベラを見て、タイタスは思わずほほ笑んだ。この結婚はうまくいきそうだ。彼女はいい伴侶《はんりょ》であるのみならず分別があり、すなおな性格だ。それに新しい服のせいか、とてもきれいに見える。今朝も彼の好みにぴったり合った身なりでロールパンにバターを塗っている。

ライデンへは車で三十分もかからないということだ。アラベラは助手席から町並みをながめた。やがて、古風な美しい家屋が立ち並ぶ細い道へ入っていった。車から降り立ったタイタスは、アラベラの手を取って玉石敷きの道を横切り、優雅な玄関の呼び鈴を鳴らした。やせた年配の女性が、大きなセントバーナード犬と、あまりぱっとしない子犬と一緒に現れてにっこりした。

「ミース、久しぶりだね」タイタスが犬たちの頭をなでてから言う。「アラベラ、こちらはこの家のハウスキーパー、ミースだ」

アラベラが握手してから屋内に入っていくと、小柄な若い女性が階段を駆け下りてきた。

「タイタス！」顔をあお向けて頬に彼のキスを受けてから、アラベラの方を向いた。「わたしはクレッシダよ……はじめまして、アラベラ」顔は平凡だが、美しい目がうれしそうにきらめいている。「アルドリックは病院だけど、お昼前には戻るわ。中へ入ってちょうだい。コーヒーにしましょう。タイタス、応接室に入っていてね。わたしはアラベラを二階へ案内するわ」

クレッシダが親切な女性だったので、ほっとしながらアラベラはあとに従った。人を見下したような、スタイルのいいブロンド美人ではないだろうかと心配していたのに、アラベラと身長が同じぐらいの優しい女性だった。美人ではないが、とても幸せそうで魅力的な女性だ。

「タイタスは毎晩帰りが遅くなると言っていたから……」クレッシダが言う。「だからあなたにはこのお部屋を使ってもらうわ。隣に化粧室があるから、彼が夜中過ぎに戻っても、あなたは眠りを邪魔されずにすむわよ」彼女はベッドに腰を下ろした。「ここはわたしの最初の部屋だったの……アルドリックと一緒にここへ帰ってきたときのことよ。ここに一晩だけ泊まったあとフリースランドへ行ったの。彼はいい人よ。あなたも好きになってくれるといいけど。でも、タイタスもいい人だわね」

アラベラは化粧台の前に座って、何も言わずにほほ笑んでいた。

「階下へ行く前に双子たちを見てやってね。生後二カ月で、男女一人ずつなの。運がよかったのよ。双子が最初に生まれるなんて」

母親と同じ色の髪をした女の子と、もっと明るい色の髪の男の子が眠っていた。

「とてもかわいいでしょう」クレッシダが誇らしげに言う。「それにすばらしい乳母《ナニー》がいるのよ」

クレッシダは先に立って階段を下りていった。

「わたしばかりおしゃべりしてごめんなさいね。でもあなたに会えてとてもうれしいの、イギリス人の友達はいるんだけど、ほとんどがフリースランドに住んでいるのよ。わたしたちのもう一軒の家が、あちらにあるの」

暖炉の火が勢いよく燃えているので応接室は暖かく、アンティークの家具と座り心地のよさそうな椅子とが、うまく配置されている。

タイタスを加えて三人でコーヒーを飲みながら、おしゃべりをした。タイタスはファン・ダー・ライナス夫妻の友達を大勢知っているようだった。そして話題は聖ニコラス祭のことになった。

「そのとき、あなたたちも来られるといいのに」クレッシダが言う。「子供たちがとても楽しみにしているお祭りなのよ」そこまで話して、彼女はぱっと立ち上がった。「アルドリックが戻ったわ」

アラベラはアルドリックのこともすぐに好きになった。タイタスより一つか二つ若いというのに、すでに白髪混じりだ。けれども背が高く、ハンサムな人だ。彼は妻にキスしてタイタスと握手してから、アラベラを見下ろした。「もっと長く滞在できないのが残念だね。タイタスと一、二週間フリースランドにも来てほしいな。あそこがぼくたちの本当のうちだから」

「でもお仕事はここなんでしょう?」

「ああ。でも一年中というわけじゃないんだ。双子たちを見てくれた?」

「ええ、とてもかわいいわ」

アルドリックは優しい目で妻を見た。「ぼくたちもそう思うよ」と言ってから、タイタスの横に座る。「午後、ぜん息に関する論文が発表されるよ。君も聞きに行くかい?」

男性二人は昼食を食べ終わるとすぐに出かけていった。赤ちゃんたちが授乳のあとで眠ってしまうと、クレッシダと二人だけになった。服や家族のことについて女同士で気楽にしゃべる機会など、ここ二、三カ月なかったことにアラベラは気づいた。

二人はお茶のあとで子供部屋へ行き、ナニーを手伝った。双子たちの入浴と授乳をすませてベッドに寝かしつける。そうしているところへ男性たちが戻ってきた。双子たちはベッドから抱き上げられ、満足そうな声をもらした。

夕食のために着替えをしながら、アラベラは自然とハミングしていた。こんな幸せな家庭とかわいい子供をわたしも持つことができたら……。しかし、そんな考えは押しのけて階下へ行った。

翌日は、ゼミナールが八時に始まるので、朝食もそこそこに男性たちは出かける支度をした。アルドリックが妻に長々とキスする間に、タイタスはアラベラの頰に軽く唇を当てて明るく言った。「またあとで、アラベラ」

それをちらっと横目で見たクレッシダは、ふと疑問を抱いた。タイタスとアラベラが仲のいい夫婦であることは確かだが、どうも何かが欠けているような気がする……。


やがて昼食どきにアルドリックからクレッシダに電話があった。タルズマ医師を夕食に招いたからということだった。「彼女はタイタスがこの前ここへ来たときに会っているし、二人とも長期的投薬ということに問題意識を持っている。ダーリン、君が彼女を好きでないことは知っているが、彼女は来ることに勝手に決めてしまったのさ。タイタスも乗り気だったみたいだし……」

「それじゃ仕方がないわね、ダーリン。でもあまり長居しないように気を配ってちょうだいね」

「六時ごろに帰るから。アラベラと楽しく過ごしているかい？　子供たちは大丈夫？」

「とても楽しく過ごしてるわ。彼女はいい人ですもの。子供たちも元気よ」

電話を切ったクレッシダが言う。「夕食にお客様が見えるんですって。タルズマ医師はとても優秀なお医者なの。彼女の話題はいつも酵素や抗体のことなのよ。自分で来ることに決めてしまったみたいだから……。せっかく気楽な話をして夜を過ごそうと思っていたのに残念だわ。もしまた来ると言ったら、わたしたちは外出の予定だと言って断るわね」

二人はのんびりと午後を過ごした。ナニーが休みだったので、お茶のあとで双子を入浴させ寝かしつけてから、自分たちも着替えをした。アラベラは、持ってきた衣類の中からシンプルなニットのドレスを選んだ。旅行から帰ったらパーマをかけよう。短くカットしてしまってもいいわ。頭の上に結い上げるこのヘアスタイルを変えてみたい。

クレッシダと応接室にいると男性たちが戻ってきた。ドアを開けたアルドリックが、体をよけて若い女性を先に通らせた。魅力的な美人だ。大きな瞳はブルーで、金色の巻き毛がふわふわしている。シルクのドレスの襟ぐりが、豊かな胸のすぐ上まで深くくれていた。全然医師らしくなく、ロマンチックでエレガントだ。アラベラは紹介されてにこやかに手を差し伸べながら、この人は敵だ、と思った。なぜそんなふうに思ったのかはわからなかったけれど。

タイタスが微笑しただけだったのが気に障った。だが、そんな気持も押し隠した。

「お目にかかれてうれしいわ」アラベラは心にもないことを口にした。「とても立派なお仕事をなさっていて、タイタスと同じことに興味をお持ちなんですってね」ソファに座って隣を手で示した。「ここに座って、その話をしてくださいません？　タイタスとは昔からのお知り合いなんですか？」

ジェラルディーン・タルズマは、アラベラを用心深くながめた。「何年も前からね。あなたとタイタスの結婚は突然のことだったんですね？」

「ええ、しばらく前からお互いに知ってはいましたけど」アラベラはさらっと言った。「あなたは結婚していらっしゃらないの？　あなたはとても優秀な女性だとうかがってますわ」

アルドリックから飲み物を受け取りながら、アラベラは具合よく体に沿って流れるドレスを意識しながら、クッションに寄りかかった。高いお金を出して買ったかいがあったわ……。

「ええ、わたしは独身よ。何度プロポーズされても、ずっと断り続けてきたの。わたしには仕事のほうが大切ですもの」ジェラルディーンは鋭い口調で答えた。「タイタスはわたしのことを話さなかった？」

「あの……いいえ。あなたの優秀さについては言ってたような気もするんですけど。わたしたちには……彼の仕事や病院とは直接関係ない共通な話題がいろいろあるので」

「わたしは今夜、タイタスと専門分野の意見を交換するためにここへうかがったの」

「すばらしいわ。たまにしかお会いになれないのが、残念ですね」

クレッシダが二人のそばへ来た。「突然のことだったから、あなたのパートナーになる男性を手配する暇がなかったの。ごめんなさいね、ジェラルディーン」

「構わないわ。わたしはタイタスと話をするつもりで来たんですもの」

「そうだわね。でも先にお食事にしましょうか?」

アラベラは、アスパラガスと、鶏のワイン煮と、生クリームをたっぷり盛りつけたチョコレートとオレンジのムースを食べたが、味はまったくわからなかった。みんなと一緒におしゃべりをして笑い合ってはいたものの、ジェラルディーンが気になって食欲がなくなってしまった。ジェラルディーンは、自分の目標や野心や持論について一人で話し続けている。応接室へ戻ってコーヒーを飲むときになると、彼女はタイタスと静かに話し合いたいと言い出した。

「そうね、タイタスはあなたの意見を聞きたがっているに違いないわ」アラベラはまぶしすぎるほどの微笑を浮かべた。

それを見たあと、タイタスはなめらかに言った。「そうなんだ。構わないかな、クレッシダ? 医学上の話をみんなに押しつけたくないから」

「ぼくの書斎を使ったらいい」アルドリックが言う。「すぐにコーヒーのおかわりを届けさせるよ」

二人が出ていくと、クレッシダは双子たちのようすを見に子供部屋に行った。

「今夜はあいにくジェラルディーンが押しかけてきてしまって悪かったね」アルドリックが言う。「彼女は気の強い女性だ。コーヒーを飲み終わったら、ぼくが送っていくよ」

「でも、タイタスにいい話し相手ができてよかったわ」アラベラは注意深く言った。「わたしは病院や医学のことは何も知らないので……」

「クレッシダもそうだよ。君たちにはわからないだろうな……魚鱗癬《ぎょりんせん》と蕁麻疹《じんましん》の違いも知らない人のところへ毎晩帰ってくるのがどんなに楽しいことであるか……」

「わたし、蕁麻疹は知ってるわ」アラベラは言った。

二人が笑い合っているところへタイタスとジェラルディーンが戻ってきたので、アルドリックがコーヒーの追加を注文した。

クレッシダも戻り、みんなでコーヒーを飲みながらさらにおしゃべりしたあとでアルドリックが言った。「双子たちのようすを見る時間じゃないかい、ダーリン？　その間にぼくは、ジェラルディーンを送ってくるよ」

「いいのよ」ジェラルディーンが言う。「タイタスに送ってもらうことにしたから。そうしたら車の中で話し合いの締めくくりができるわ。時間が足りなかったんですもの」

「それじゃ、行くことにしようか？」タイタスはカップを置いて穏やかに言った。「明日のゼミナールは、朝早くから始まるはずだからね」

「あなたがもっと長く滞在できないのが残念だわ」ジェラルディーンの声はよく響く。

「わたしたち、もっとたびたび会うべきよ」

アラベラは突然、意地悪な考えに取りつかれた。「それなら、うちへ泊まりにいらしたら？」そう言ってから、タイタスにほほ笑みかけた。「いい考えじゃないかしら、タイタス?」

タイタスの顔からは何も読み取れない。喜んでいるのかどうか全然わからなかった。
「それは、いいな」とだけ彼は言った。「それじゃ行こうか、ジェラルディーン?」
ジェラルディーンはみんなにあいさつをした。「さよなら」
「またあとで」タイタスは彼女について出ていった。
クレッシダとアルドリックはドアの方へ、アラベラは窓際へ行った。車の横に立ったタイタスとジェラルディーンが、何を話し合い、どんな冗談を言って笑っているかわからない。

彼女は敵だわ、アラベラはまた思った。ジェラルディーンは爪の先まで洗練されていて、魅力的で、意志堅固で……そしてタイタスという貴重な賞品を獲得したがっている。少々大げさに考えすぎるのかもしれないが、彼女のこととなるとなぜかこうなってしまう。わたしはタイタスを愛しているわけでもないのに……。いいえ、それは嘘だわ!

アラベラは息をのんだ。わたしは彼を愛し、恋している。一瞬閉じた目を開けると、車は消えていた。これでよかったのだ。外へ出ていたら、ジェラルディーンを突きとばし、タイタスに身を投げかけていたかもしれないのだから。

泣きたくなるほどの絶望を感じたが、なんとか笑顔を作った。そしてクレッシダに明るい口調で話しかけた。顔が青ざめ、体が震えていることにも気づかずに。

7

気分が悪いのかとアラベラに尋ねようとしたクレッシダの腕に、アルドリックが軽く手をかけて明るく言った。「暖炉の前へ来るといいよ、アラベラ。一緒にもう一杯コーヒーを飲もう」

アルドリックはタイタスと一緒に出席する予定の講義やゼミナールについて話し始めた。

「来年はロンドンで催されるから、君たちにまた会えるね」

「うちにお泊まりになってください」アラベラは落ち着きを取り戻した。「もちろん、赤ちゃんたちも一緒に」

三十分たってもタイタスが戻ってこなかったので、アラベラは床についた。が、夜中過ぎに彼の足音を聞くまでは眠れなかった。信じられないことが自分の中で起こっていたのだ。今考えてみると、もう何週間も前から彼を愛していながら、それに気づかなかっただけだ。もし気づいていたら、プロポーズを断っていただろう。自分が愛する人と、愛してもらえないのに結婚するなんて、耐えがたい。でも現状はそういうことになっている。

けれど、彼に愛されるように努力していけない理由はないのだ。お化粧やヘアスタイルやドレスを利用して外見を取りつくろい、温かみのある言動で本心をごまかして……。でもあまり見え見えではいけない。彼の気を引こうとしているとか、彼だけに興味を集中して人生を送っているとか思われたくない。

頬を伝い落ちた涙を、アラベラはじれったそうに拭《ふ》き取った。ジェラルディーンのような人に勝つためには、泣いてなどいられないのだ。敵に挑戦する覚悟がついたので、彼女はそれからすぐに眠りに落ちた。

朝食のために階下に下りていくと、男性たちは出かけたあとだった。

クレッシダがコーヒーをついでくれた。「アルドリックが、提出する論文をわたしに読んでくれたの……いつもそうなのよ。わたしにわかるわけでもないのに、幸運のおまじないなんですって。タイタスもあなたを起こして論文を読んだでしょ?」彼女は返事を待たずに続けた。「わたしたちは、とらわれの聴衆だわね」

「彼はわたしを、ゆっくりゆっくりと仕込むつもりらしいわ」アラベラは軽い調子で言った。「赤ちゃんたちは、夜寝かせばもう朝までずっと眠るの?」

「ええ。前は、夜中に二度くらいお乳をあげたけど、大きくなるにつれて六時まで眠るようになったわ」クレッシダはコーヒーをつぎ足した。「ジェラルディーンのこと、どう思ったか言ってみて」唇がほころんでいる。「お世辞を言う必要はないわよ」

アラベラはトーストにバターを塗った。「彼女が好きだとは言えないわ。きれいだけど、独りよがりで、それにあの豊満な胸……」

クレッシダは笑った。「驚異的な女性よね。でも頭はすごくいいの。アルドリックでさえ彼女の頭脳は認めてるわ。タイタスはなんて言っていた？　ゆうべは彼女に長々と引き止められたようね」

「ええ、ずいぶん遅く戻ったわ」アラベラは念のためつけ加えた。「疲れていたらしくて、彼女の話はしなかったわ」

「いずれ一部始終を聞かされるわよ。それが結婚生活の特典ね。ほかの人には言えないようなことを、話し合えるんですもの」

アラベラがあまりにひっそりと同意したので、クレッシダは急いで話題を変えた。「もし観光をしたいのなら、子供たちは乳母《ナニー》がお昼まで見てくれるから、つき合うわよ。買い物に行ってもいいわね。大学、聖ピータース教会、ラーペンブルグ運河、市庁舎、聖アンネの救貧院……」

「それらを午前中に全部見るの？」

「あちこちを少しずつのぞくだけだけど、見ないよりはましよ。ぜひ時間を作って、ロテイセリー・アウデ・レイデンでコーヒーを飲まなきゃ……」

午前中は楽しく過ぎていった。意外なことに男性たちが昼食に戻ってきた。

「帰ってきてくれたのね。うれしいわ」クレッシダは顔をあお向けてアルドリックのキスを受けた。

「一日中顔を見ないんじゃ寂しいと思ったからさ。今まで何をして過ごしていたんだい？」

その夜は六時過ぎに、彼らはジェラルディーンを連れずに戻った。夜も更けてベッドに入ったアラベラは夕食後に暖炉を囲んで交わした楽しい会話を思い出した。クレッシダと二階へ上がろうとしたとき、思いがけなくタイタスにキスされたが、あれはアルドリックとクレッシダが見ていたからかもしれない。しかし彼が自分の感情を偽るような人だとは思えない。明日の夜は一緒に外出するのだ。新しいドレスを着よう。うとうとしながらアラベラは考えた。

みんなでハーグへ行き、こぢんまりとした、けれども高級そうなレストランで食事をすると、アラベラはピンクのドレスを着てきてよかったと思った。そのあとスヘヴェニンゲンへ行き、ダンスをしてカジノを訪ねた。アラベラもクレッシダも試しに賭《か》けてみて、勝った。楽しい夜だった。タイタスに抱かれて踊っているときには、とても幸せな気持を味わった。

翌日はセミナー最後の日で、晩餐会《ばんさんかい》が催された。アラベラはグリーンのベルベットのドレスを着た。これなら医師の妻らしく見える。タイタスからネックレスを贈られなかったのは残念だが、十八歳の誕生祝いに父がくれた二連の真珠をつけた。

応接室へ入っていくと、クレッシダがとてもすてきだと言ってくれた。グレーのタフタのドレスを着たクレッシダもすてきだ。アルドリックが優しい手つきで彼女の肩にアンゴラのストールをかけたとき、ダイヤのネックレスと豪華なブレスレットがアラベラの目にちらっと映った。

タイタスがまるで伯母でも扱うようなうやうやしい態度でイブニングコートを差し出したので、アラベラは腹が立った。少なくとも、仲むつまじいまねぐらいしてくれてもいいのに。彼女は頬をほてらせ、そつなく礼を言った。

ほんの数週間の間にすっかりきれいになったアラベラをタイタスはさりげなく見ながら、これはドレスのせいに違いないと思った。イギリスへ帰ったら、何かアクセサリーを買ってあげよう。アラベラを見て急にうれしくなったので、思わず頬にキスをした。

それを見て、クレッシダはほっとした。昨夜寝室でアルドリックに、あの二人は全然新婚夫婦らしくないと話していたからだ。

そのときアルドリックはこう言った。「ダーリン、ぼくたちの経験に当てはめてほかの人たちを評価してはいけないよ。ぼくたちと同じように、二人きりになればもっと奔放にふるまっているかもしれないから」

晩餐会は大規模でフォーマルなものだった。正装した年配の男性と豊満な胸を黒いサテンに包んだ上品な女性たちが大勢出席している。タイタスはその人たちをほとんど知っていた。アラベラは次々と紹介され、ほほ笑みかけられた。そしてみんなから、タヴェナー医師がこんなチャーミングな妻を迎えたのは、実にうらやましいと言われた。

食事のときには、アラベラは若い男性と年配の男性の間に座って気を遣ってもらった。しかしうれしさだけが理由で、アラベラの美しい瞳がきらきらと光っていたわけではなかった。テーブルの向こう側に、タイタスとジェラルディーンが並んでいるのに気づいていたからだ。くじゃく色のシフォンのドレスを着た彼女は、非常に美しい。

食事にゆっくり時間をかけたあと、長々と続くスピーチを聞いた。英語が使われることもあるが、ほとんどがオランダ語だった。アラベラは興味ありげな表情を維持するのがむずかしかった。やがて一同が席を立ち、コーヒーカップやグラスを手にして歩き回ったり、真剣に医療に関する意見を交換し始めた。アラベラは大学の歴史について説明する老教授に興味を示して耳を傾けた。

帰りがけに初めてジェラルディーンと顔を合わせた。

「あら、あなたはここにいたのね?」ジェラルディーンは高慢な口ぶりで言う。「あなたとは一晩中話す機会がなかったけど、タイタスとは楽しく過ごしていたのよ。構わないでしょう?　わたしたちは昔からの知り合いだから……」

アラベラは口を挟んだ。「タイタスの友人は、わたしの友人でもありますから」と優しく言う。「もしイギリスへいらしたときには、ぜひ会いましょうね。でもここでのお仕事がお忙しいんでしょう?」

「いいえ」ジェラルディーンはしたり顔で笑った。「わたしは、いつでも自由に休暇が取れるのよ」

「それはいいこと。わたしたちは明日帰りますけど……。もちろんタイタスからお聞きになったでしょうね? それじゃ、さようなら。もう行かないと、クレッシダが待っているので」

タイタスの姿は見えなかった。「彼はジェラルディーンを送るんですって」クレッシダが言う。「彼女がなぜ自分の車を運転できないのか、わたしにはわからないわ……」そこまで言って、アルドリックに腕をつかまれたので口を閉じた。

「困ったことにジェラルディーンは、わがままを許してやると、ますますエスカレートするタイプなんだよ」アルドリックはアラベラの腕を取った。「今夜のパーティはどうだった? 少し堅苦しかったかもしれないね」

「楽しかったわ」アラベラはそう答えながら、内心いらいらして目を光らせた。「ここにはハンサムな教授や医師が、大勢いらっしゃるのね」

「そうなんだ。こういう集まりに来ると、クレッシダをしっかりつかまえていないと、彼女はひげを生やした教授に惹《ひ》かれてしまいそうなんだ」

「もしあなたがひげを生やしたりしたら、わたしは出ていきますからね」車の方へ行く途中でクレッシダが言う。「うちに着いたら、みんなが着ていたドレスの批評をじながら、キッチンでお茶を飲みましょうよ、アラベラ。あなたも見たと思うけど、あの紫色のベルベットはなんだか窮屈そうで……」

家に到着し、しばらくお茶を飲みながらしゃべっていたが、タイタスは現れなかった。アラベラは、朝のフェリーに乗るために荷物をまとめるという口実で部屋に引きあげることにした。

アラベラが行ってしまうと、クレッシダはカップを集めながらアルドリックに言った。

「ダーリン、どうもなんとなくようすがおかしいように思えて仕方がないんだけど……」

「アラベラもタイタスも大人なんだよ」アルドリックは微笑した。「心配することはないと思うな。それにアラベラはばかじゃないからね、クレッシー」

「すると、タイタスがばかだと言うの?」

「いや、違う……君も承知のとおり、男は恋をすると分別がなくなってしまうんだ」

「あの二人も、わたしたちと同じぐらい幸せになれるといいけど」

翌朝の朝食のときのタイタスは、何も問題はないといったようすに見えた。彼はアルドリックと一緒に犬を散歩に連れ出して戻ってから、何か真剣に話をしていた。アラベラとクレッシダは、お互いのクリスマスの予定について話した。

やがて二階へ双子を見に行ってからしばらくすると、出発の時間になった。別れのあいさつをした二人は車でフークへ向かい、フェリーに乗り込み、ハリッジに上陸した。

帰宅してミセス・ターナーに迎えられたが、書斎の机の上にはタイタス宛《あて》の郵便物が積まれ、留守番電話には伝言がいくつか入っていた。

夕食直前に書斎から出てきた彼が言った。「病院へ行かなきゃならない……緊急の用事ができたんだ。ごめん、アラベラ。起きて待っていてくれなくてもいいよ」

「キッチンに何か温かいものを残しておくわ。すぐに片づくような、簡単な問題だといいわね」

タイタスは近づいてくると、かがんでアラベラの頬にキスをした。「君は本当に完璧《かんぺき》な妻だね、アラベラ。こういうことはときどき起こるんだよ」

「それは仕方がないわ。お帰りになったとき、もしおなかがすいていたら何か召し上がって」

玄関のドアが閉まるのを聞いて、アラベラはミセス・ターナーと話しに行った。医師の妻としてこういうことは覚悟しておかなければ。今後もたびたび起こるだろう。

タイタスのことを考えながらアラベラは一人で夕食を食べた。彼は理想的な男性だ。そしてわたしは彼を愛している。この二つの理由のせいで、彼に愛されたいという気持がいっそう強くなった。好意と友情を抱いてもらうだけでは充分ではない。話し相手と散歩の相手を務める物静かな伴侶《はんりよ》としか思われないなんて……。彼から違った目で見てもらうために、何かしなければ。

十一時になってもタイタスが戻らなかったので、アラベラは床についた。

「うまくいきました?」翌朝の朝食のときに尋ねた。タイタスはすでに食卓についていたが、立ち上がってアラベラのために椅子を引いてくれた。元気そうに見えるが、アラベラは彼の疲れを見て取った。

「徹夜なさったの?」

「今朝の四時過ぎまでね。あの患者はきっと回復する」

「よかったこと。ほっとなさったでしょう?」

「ああ。今日は五時過ぎには戻るからね」

「よかった。一緒にお茶をいただけるわね?」

「それはいいな。今日、君は何をするの?」

「あの……美容院へ行って、髪を短くカットしてパーマをかけようかと思って……」

意外なことに彼は鋭く言った。「いや、アラベラ、ぼくはその髪が好きなんだ。変えちゃいけないよ。シャンプーはいくらしてもいいが、一センチでも切らないように」

アラベラは目を丸くしてタイタスを見つめた。「わかったわ、タイタス。それじゃカットはしません。もう少し短くしたら見た目がましになるかと思っただけなの」

「君はそのままでいいよ」

「ありがとう。あなたは短い巻き毛がお好きかと思って、喜んでもらいたかったの」

「ぼくはそういうのは好きじゃないよ。それで思い出したが、ジェラルディーン・タルズマをなぜここへ招待したんだい？」

アラベラは神妙に答えた。「あなたは彼女のことが好きだと思ったから……。彼女はあなたの古いお友達らしいし、この間も長時間一緒に過ごしていらしたし……」

率直に言うアラベラを、タイタスはじっと見つめてからにっこりした。「そうだな。彼女はとても魅力的だし、頭もいい」

「話が通じる相手といろいろ話し合えるのは楽しいでしょうね」と言って、アラベラは吐息をついた。「彼女はあなたのすばらしい妻になれたに違いないわ、タイタス。もし彼女の存在を知っていたら、わたしは……」

「それは面白い考えだね」彼は立ち上がると、アラベラの肩をぽんとたたいた。「もう行かなくちゃならない。じゃ、また今夜」

アラベラは荘園《しょうえん》へ電話をかけ、ミセス・タヴェナーとおしゃべりをした。それからバターと話すと、犬たちもパーシーも、ベスとジェリーも元気だということだった。

「お待ちしてますよ、奥様……今週末にお見えになるんでしょうね？」

「行けるといいけど、先生はお忙しいかもしれないの。わたしはミセス・バターとクリスマスの準備について相談をしたいんだけど」

「お待ちしておりますよ、奥様」

荘園行きを楽しみにしながら、アラベラは外出用の服に着替えた。店を見て歩いて、クリスマスプレゼントを何にするか決めるというのはいい考えかもしれない。タイタスと一緒だったら、もっと楽しいだろうが……。

帰宅したタイタスは、今日は何をして過ごしたかさっそくアラベラに尋ねた。

「店のウインドーをのぞいて、クリスマスに何を買うか決めてました」アラベラは答えた。

「ぼくは明日、半日休むよ……実は前から休むことにしていたんだ。一緒に買い物に行こう」

「まあ、タイタス、すてきだわ。リストが作ってあるの」

翌日の午後はアラベラにとって忘れがたいひとときとなった。タイタスとハロッズへ行き、女性たちが夢見るような買い物をした。ミス・ベアードに手袋、ミセス・ターナーに真紅の化粧着、バター夫婦にはチャーミングなティー・セット。ミス・ウェリングには薔《ば》薇《ら》色のウールのストールにした。彼女に少し色彩を加えたいから……。クレッシダには新刊の小説、双子たちにはおしゃぶり。マーシャル夫妻には美しい花瓶にした。

「これでほとんど片づいたね」タイタスが言う。「看護婦たちや荘園のメイドと庭師には、ワインと小切手を渡すことにしているんだ」

「庭仕事を手伝っている少年には？」

タイタスはほほ笑んだ。「彼はフットボールの靴を欲しがっているようだ。村のチームに属しているのでね。手伝いに来てくれてる男たちには現金がいい。さて、祖母にも何か見つけなきゃならないな」

ジュエリー・ショップはまるでアラジンの洞窟《どうくつ》のようだった。

「祖母はどんなものが気に入るだろう？」

「毎日つけてもらえるものがいいわ」アラベラは現実的だ。「チェーンはどうかしら？」

二人はたくさんの品を見てから、金の房つきの長めのチェーンを選んだ。それが包装されるのを待ちながら、アラベラはショーケースを見て歩き、無言でうっとりとながめた。タイタスは気前のいい人だから、もしわたしがダイヤのネックレスを欲しがったら、買ってくれるに違いない。しかしそんなものより、彼が思いがけないときにりんごを一袋買ってくれたら、そのほうがずっといい。

やがて二人は帰宅して、品物を居間のテーブルに積み上げた。「包装は君に任せるよ」タイタスが言う。「君なら上手にやってくれるに違いない。ぼくは明日バーミンガムへ診察に行かなきゃならないんだ。泊まってくるかもしれないよ」

アラベラは即座に言った。「わたし、荷物を詰めましょうか？ 車でいらっしゃるの？」

「ああ。君は寂しくないかな？」

「とんでもない。包装の必要があるプレゼントがこんなにたくさんあるんですもの。それから、クリスマスカードはどうしましょうか？」

カードを選んで印刷に出してあったが、届いてからどこへ送ったらいいかわからない。

「ぼくのデスクの右側の引き出しにリストが入っている。その住所全部に送ってくれればいい。これまではミス・ベアードにしてもらったんだが、君が宛名書きをしてくれたら、そのほうがずっといいな」

「わかりました。クリスマスには荘園へいらっしゃれる？」

「ああ、何か緊急事態が起きないかぎりね。今度の土曜も行くことにしようか？」

「ええ、ぜひ。動物たちに会いたいわ。バターの話だと、みんな元気だそうだけど。お祖《ば》母様《あ》と話したとき、今週末あなたに暇ができますようにっておっしゃっていたわ」

タイタスはうなずいた。「今から少ししなくちゃならない仕事があるんだ。夕食を三十分ほど遅らせてもらえないかな？」

「もちろん、いいわ。ミセス・ターナーに言っておきます。今日は楽しかったわ、タイタス。一緒に行ってくださってありがとう」

「ぼくも楽しかったよ」

タイタスは書斎に入って思った。確かに楽しかったが、それは何を見ても喜ぶアラベラのせいだったかもしれない。チャーミングな帽子をかぶった彼女の顔は、うれしそうに輝いていた。アラベラは実際にきれいな女性だ。新しいドレスが彼女を変えたわけではない。結婚前と変わらず率直で、常識的で、とてもすなおだ。自分とこれほど気の合う相手はほかにはいないだろう。彼女をここに残して出張するのは寂しい……そう思ってタイタスは眉をひそめた。ぼくは彼女のことを本当に好きになり始めている。

アラベラも新しいドレスに着替えながら、考えていた。タイタスへの愛を隠しながら彼に愛されるようにするには、どうしたらいいだろう？　わたしははきやすい靴のように、いつもそばにありながらあまり注意してもらえない存在になっているのかもしれない。少し冷ややかな態度をとって、独立精神を見せてみたらどうかしら？　でも、どうしたらそういうことができるだろう？　彼はときどき身なりをほめてくれるけれど、新しいドレスがたいして効果を表しているとは思えなかった。この顔を取り替えることができないのが残念だ。どんな化粧品を試してみてもしっくりしないし、髪を短く切ると言ったら、タイタスは不機嫌になったように見えた。

「いいわ、運命に任せることにするから」アラベラはそう言うと、髪をなでつけてから応接室へ行った。

タイタスはアラベラと夕食をしてから、クリスマスの計画についてのんびりと話しながら過ごした。子供たちのために村で催される恒例のパーティに出席するべきだと彼は言った。クリスマス・イブには聖歌隊が現れ、荘園に招き入れるのが昔からのしきたりだそうだ。

アラベラはうなずいた。「そしてミンス・パイと温かい飲み物を出すわけね？　ツリーを立てましょうか？」

「もちろん。バターがやってくれるよ。家族も何人か集まるはずだ」彼は驚いて目を上げたアラベラに言った。「伯母と、いとこと、その子供たちだ。それから大伯父も来るから、きっと祖母を楽しませてくれるよ」優しい口調でつけ加える。「君が大勢の初対面の人たちと会うことを気にしてはいけないと思って黙っていたんだが、家族だし、クリスマス以外にはめったに会わないからね。でも、しきたりを破りたくないんだ」

「クリスマスにお客様が大勢集まるのはすばらしいことだし、あなたの家族に会えるなんて楽しみだわ。皆さんの名前のリストをくださったら、わたし、プレゼントを用意するわ」

「そうしてくれるかい？　ぼくは時間がないんだ。今週は、ほかに何か用事があったかな？」

「明後日、マーシャル夫妻が夕食に見えるけれど」

「ああ、そうだったな」タイタスは長い脚を伸ばして新聞を取り上げた。

「再来週はミセス・ラムのパーティに呼ばれてるわよ。招待に応じるようにとあなたがおっしゃったから」

「やれやれ、忘れていたよ」タイタスは新聞の向こうからアラベラを見た。「彼女は母と親しかったから、ぼくに妻を見つける責任があると思い込んでいて、あきることなく仲人役を務めようとしていたんだよ」

「あらあら。わたしが出席してもいいのかしら？　頭痛を口実に欠席してもいいんだけど……」

「ぼくはね、次々と女性をぼくに紹介しようとするミセス・ラムに歯止めをかけたかったからこそ、君と結婚したんだよ」

深い意味はなかったにしても、彼は不注意な言い方をしたものだ。ジェラルディーンだけでなく、今度はミセス・ラムとも闘わなければならないのかと思って、アラベラはため息をついた。

「正装しなくてはならないパーティですか？」

「そうだよ。タキシードとイブニングドレスだ。何か買うんだね。君はいつもなかなかセンスがいい」

センスがいいなんて言われてもうれしくないわ。そう思いながらも、アラベラは優しくほほ笑んだ。タイタスが目をみはるようなドレスを見つけることにしよう。タイトなスカートに長いスリットが入っていて、襟が大きく開いた黒いベルベットのドレスなんかいいかもしれない。ジェラルディーンにはかなわないにしても、わたしだってプロポーションは悪くはないのだ。

思い描いていたような黒いベルベットのドレスは買わなかったが、翌日ハロッズの中を探し回って、これならと思えるドレスを見つけた。シルバーグレーのシフォンがサテンのスリップをおおっていて、体の線を強調している。アラベラは試着室の鏡で自分の姿を見て満足げにうなずいた。

ドレスの箱を持ってハロッズの外へ出ると、経済的に困っている人々が大勢いるのにこんな大金を遣ったことが後ろめたく思えたので、安物のたばことライターを売っている老人に財布の中に残っていたお金を全部与えた。おかげで歩いてうちへ帰るはめになったが、少なくともだれかに幸せをもたらすことができたと思って気分はよかった。

印刷に出していたクリスマスカードが届いた。住所のリストを捜しに書斎へ行くと、慈善事業の名を十以上連ねたものも出てきた。心の広いタイタスが、いっそういとおしく思える。アラベラはデスクの前で大きな椅子に座り、カードを書き始めた。

日曜の夜にはマーシャル夫妻がやってきた。アラベラはミセス・ターナーと特別のメニューを用意し、レースのマットと銀器とクリスタルでテーブルをセットし、ひいらぎとクリスマスローズを生けた器の両側に銀の燭台《しょくだい》を置いた。クレソンのスープ、子羊肉のローストと、それにミンス・タルトとシラバブを出すことになっている。自分でも料理をしたかったが、ミセス・ターナーの感情を害するわけにはいかないのでやめておいた。アラベラはシャワーのあとでニットのドレスに着替え、階下へ行く前にもう一度戸棚を開けてシルバーグレーのドレスをながめた。見るだけで胸がどきどきしてくる。タイタスもそんなふうに感じてくれるといいけれど。

マーシャル夫妻との食事は順調に運んだ。食事がすむと、応接室でコーヒーを飲んだ。男性たちは患者の話をするために、アラベラとミセス・マーシャルを暖炉の前に残して書斎へ行った。

何年も前からタイタスに結婚をすすめていたミセス・マーシャルは、アラベラをながめながら、彼女こそタイタスにぴったりの女性だと思った。とびきりの美人ではないが、優しい声の持ち主で、スタイルがよく、きれいな目をしている。気さくに話し合えるから、古くからの友人のような感じがする。二人が視線を交わすようすに新婚夫婦らしい甘い雰囲気はうかがえないが、タイタスは感情を表に出す人ではない。アラベラも出さないタイプのようだ。

ミセス・マーシャルは、毎年盛大に催されるミセス・ラムのパーティについて話し始めた。「あなたもきっと楽しいと思うわ」

次の土曜の朝、アラベラとタイタスは荘園へ行った。車が止まるなりバターがドアを開け、三匹の犬が駆け出てきた。寒さが嫌いで慎重なパーシーは、玄関先で待っている。アラベラは四匹の動物たちをなでてやってから、タイタスに笑顔を向けた。

「うちへ帰ってきてうれしいわ。ロンドンもうちには違いないけれど、ここは少し違いますものね」

「君の言いたいことはわかるよ。バターに荷物を渡して、お祖母さんに会ってこよう」

ミセス・タヴェナーは自分の部屋の暖炉のそばに姿勢よく座り、ミス・ウェリングに本を読んでもらっていた。アラベラがパーシーを抱き、犬たちを従えたタイタスと入っていくと、振り向いて見上げた。

「まあ、よく来ましたね。ミス・ウェリング、シェリーを取ってきてちょうだい。再会を祝って乾杯しましょう」

その日も日曜も、あっと言う間に過ぎてしまった。日曜のお茶のあとで、ビューティーとバセットとパーシーを一緒に連れて車に乗り込んだ。

「また来週来るんだよ」悲しそうなアラベラを見てタイタスが言う。「よかったらクリスマスのあと、一、二週間ここで過ごしてもいいんだよ」

アラベラは考えもせずに口走った。「あなたをロンドンに置いたまま？　そんなことはできないわ」

タイタスがアラベラの方を見ると、彼女は窓の外をながめていた。

月曜の朝早くタイタスは病院に行き、残ったアラベラはクリスマスカードを書き終わって、残りのプレゼントを買いそろえた。その夜帰宅した彼は、疲れているように……いや、むしろ何か心配事でもありそうに見えた。今日一日をどう過ごしたかきかれて、アラベラは静かな声で答えた。

するとタイタスがアラベラの顔を見つめたまま言った。「君は本当に穏やかな人だね、アラベラ」アラベラが驚いて目を上げると、彼は尋ねた。「犬たちは行儀よくしていたかい？」

いよいよパーティの日になった。夕方のお茶の用意をしておくと約束してタイタスを病院に送り出してから、アラベラは犬たちを庭に連れ出した。冷たい空気に当たって頬をほてらせながら家に戻り、二階のタイタスの部屋へ行って今夜のための彼の衣服を用意していると、玄関の呼び鈴が鳴った。階段の上まで行くと、ミセス・ターナーがだれかを招き入れるのが見えた。

ジェラルディーン・タルズマだ。

急いで階下へ下りたアラベラは、彼女のスーツケースを見てすっかり気分が落ち込んだ。ジェラルディーンは平然としている。「ちょっと暇ができたので来たのよ、アラベラ。タイタスが喜ぶだろうと思って」そう言ってアラベラと握手をした。「わたしたちは昔からの知り合いだから、形式にこだわる必要はないんだし」

「彼は病院なんです」アラベラは言ってから、あいさつがまだだったことに気づいた。

「ようこそ、ジェラルディーン」

「彼はお昼に戻るの？」

アラベラは先に立って応接室に入った。「いいえ、五時ごろまで帰らないと思います。今夜はパーティに行くことになっていて……」

「わたしも一緒に行くわ。そこで話し合う時間が持てると思うから……騒々しいパーティは、ディスカッションをするにはかえって理想的な場所なのよ。彼に聞かせたい理論があるの……」

「それはいいこと。座ってコーヒーでも召し上がって。ミセス・ターナーにあなたのお部屋を用意してもらいましょう」

まるで悪夢だ。夕方になるころにはアラベラの耳はがんがん鳴っていた。ジェラルディーンは自信に満ちあふれていて、それを人にひけらかすのが好きな人だ。

アラベラは玄関のドアが開くのを聞いた。タイタスが大喜びするとは考えられない……。

8

アラベラは立ち上がり、タイタスに来客のことを話そうとしてホールに出たが、急いでついてきたジェラルディーンに追い越されてしまった。

「びっくりさせたわね」ジェラルディーンはタイタスの手を取って、よく響く声で言った。「二、三日暇ができたから来たの。あなたは意見を闘わせることのできる相手は歓迎してくれる人ですものね」

彼女と握手をしたタイタスが何を考えているのか、見ただけでは全然わからないが、彼は明るく言った。「驚いたよ、ジェラルディーン」

「きっと喜んでもらえると思ったの」ホールを横切ってアラベラの頬にキスをするタイタスを、ジェラルディーンはじれったそうに待った。「今夜パーティがあるんですってね。わたしが一緒に行ってもいいかしら?」

アラベラはなんとか声を出した。「わたしが電話をかけましょうか、タイタス? きっとジェラルディーンも歓迎してもらえると思うわ。どうせ大勢見えるんだから、一人増えてもどうってことないでしょうし」

彼は微笑を隠した。「ああ、そうだね。ぼくはちょっと失礼して電話を使わなきゃならないんだ。用事があったら、書斎にいるからね、アラベラ」

ジェラルディーンはがっかりしたようすで言った。「わたしは荷物をほどいて、彼の用事がすむまで休むことにするわ」

アラベラは先に立って階段を上がり、毛布をもう一枚追加してあげてから、タイタスが暇になりしだい知らせるとジェラルディーンに約束した。

「犬たちが静かにしていてくれるといいけれど」ジェラルディーンが言う。「わたしは犬が嫌いなの。それからここには猫もいるし……」

「ええ、わたしたち二人とも動物が好きなので」

アラベラは憤然として階下へ行った。タイタスがジェラルディーンを見て、迷惑そうな、驚いたような表情でもしたら問題はなかったのに、彼はかすかに面白そうな顔をしただけだった。

パーティの主催者に不意の客のことを電話で説明すると、タイタスの友人ならだれでも歓迎すると言われた。

「友人ね……」アラベラがつぶやいて振り返ると、タイタスが戸口に立っていた。

「ジェラルディーンも歓迎しますって」アラベラは彼に言った。「ミセス・ターナーに話してきます」

二人の食事を三人分に増やさなければならないので、ミセス・ターナーは不機嫌になってぶつぶつと文句を言った。

「なんの連絡もなしに突然やってきて、これから何日ぐらいお泊まりになるでしょう、奥様?」

「そう長くはないと思うわ。二、三日とか言ってらしたから……」

ミセス・ターナーは、ソースをかきまぜながら渋い顔をした。

タイタスは応接室で、パーシーを膝に載せて安楽椅子に腰かけていた。犬たちは暖炉の前でうとうとしている。

アラベラはちらっと彼を見て言った。「あなたが書斎から出ていらしたことを、ジェラルディーンに知らせてきます。知らせてほしいと頼まれているので。あなただって、できるだけ彼女と一緒に過ごしたいでしょう?」

ドアに近づいたアラベラは、彼の静かな声を聞いて足を止めた。「君はジェラルディーンとぼくを、できるだけ近づけたがっているように思えるんだがね、アラベラ」

「あなたがそう望んでるんでしょう?　あなたはいつも彼女の言いなりになってるじゃないの」アラベラはぱっとドアを開けて客の部屋に向かった。

しばらくして、パーティのために着替えながら、アラベラはベッドの端に座ったパーシーに言った。

「あの人たちは二人で楽しく過ごせばいいのよ」

アラベラはシルバーグレーのドレスを着るのはやめた。男性の目は引かないかもしれないけれど、エレガントな、茶色のシルククレープのドレスを選んだ。パーティでほかの女性たちのドレスに圧倒されることは確実だわ。

それがとてもよく似合い、その落ち着いた優雅さが人目を引かずにおかないことを彼女自身は気づいていなかった。

髪をフレンチ編みに結い上げ、ていねいに化粧をして階下へ行くと、タイタスはすでに応接室にいた。

「チャーミングだね」入ってきたアラベラを見て言うと、彼はポケットから箱を取り出した。「これをつけてほしいんだ、アラベラ」

タイタスはそっとアラベラのうなじの真珠を外し、かわりにダイヤのネックレスを留めつけた。アラベラは暖炉の上の大きな鏡を見た。小さな金の花模様にダイヤをはめ込み、花と花の間に金のルーペをあしらった繊細なデザインだ。アラベラはそっと手を触れて言った。「アンティークね……」

「ああ、我が家に昔からあって、花嫁から花嫁へと譲り渡されてきたものなんだ」

「それじゃ、あなたの妻として今夜はこれをつけなければ」アラベラは頬をピンクに染めて、彼の方へ向き直った。「人前では体裁を取りつくろわなければいけませんものね」

タイタスの顔が青ざめた。「君がもし本当にそういう見方をしてるなら……」

そのとき、ドアが開いてジェラルディーンが入ってきた。今夜も流れるようなシフォンを着ている。色は鮮やかなピンクだ。

「まあ、すてきなドレスだわ」アラベラは言った。「とても色鮮やか。そう思わない、タイタス?」

「そうだね」

「平凡な格好はしたくないの」自分の姿に満足したようすで、ジェラルディーンはアラベラにほほ笑みかけた。「年を取ってから茶や黒やグレーを着ればいいのよ。今夜、だれか面白い人に会う可能性はあるかしら?」

「君の興味をそそるような人がきっと現れるよ」タイタスがすんなり言う。

アラベラは皮肉っぽくつけ加えた。「いざというときには、タイタスがいるんだし」

それを聞いて、タイタスは冷たい目で妻を見た。

三人が到着したのは、パーティたけなわのときだった。アラベラはタイタスに導かれていろいろな人と笑顔で握手をし、言葉を交わした。その間もジェラルディーンはずっとタイタスの横にいた。彼がそれを不ゆかいに思っているようすはなかった。アラベラはタイタスと一曲踊ったあと、若い男性に引き渡されて踊った。タイタスがかがみ込んでジェラルディーンの話に聞き入っているのが見えた。

　やがて踊り始めた二人の姿が、人々にまぎれて見えなくなってしまった。小柄で優雅で、ダイヤのネックレスと対照的な茶色のドレスを着たアラベラは、次々とパートナーを変えて踊った。

　ビュッフェ式の夕食が始まると、アラベラはまたタイタスと顔を合わせたが、客が五、六人テーブルを囲んでいたので、二人だけで話はできなかった。

　アラベラは一晩中、おしゃべりしたり笑ったりしながら多くの男性と踊った。タイタスに愛してもらえる日がいつかは来るのだろうか？

　夜中過ぎに帰宅すると、ジェラルディーンは腰を落ち着けて今夜のことについて話したいようだった。アラベラは考えた。どうしたらいいだろう？　彼女にもう寝たらどうかと言うか、タイタスと二人を残して自分は先に寝るか、うまく誘って一緒に二階へ上がるかだが……ジェラルディーンは行きたがらないかもしれない。

　するとタイタスが口を開いた。「さて、少し仕事が残っているから、ぼくはおやすみを言うことにするよ、ジェラルディーン」そう言ったあと、彼はアラベラにゆっくりとキスした。「君を起こさないようにするよ」

「あら、わたしは熟睡できないたちだから、たぶんすぐ起きてしまうわ、タイタス」アラベラは甘ったるい口調で言った。

パーシーが階段の上で待っていた。

「猫は不潔な動物だわ」ジェラルディーンはそう言って横を通り抜けた。

「猫が顔を洗うのをご覧になったことありません？　猫はとってもきれい好きですよ」アラベラはジェラルディーンにおやすみを言うと、パーシーを抱き上げて自分の部屋に入った。

家の中はしんと静まっている。ドレスを脱いで部屋着に着替えると、アラベラはベッドの上で待つようにパーシーに言い聞かせてから、忍び足で階下へ行った。キッチンにいるバセットとビューティーを、就寝前に必ず見に行くことにしている。

彼女は腰を下ろして、バスケットの中の犬たちにおやすみを言った。バセットの小さな体と、ビューティーの太い首に腕を回す。みじめだった一日が終わってほっとした。

「でも明日はもっと悪い日になるかもしれないわ」

やがて再び静かに階段を上がっていくところを、タイタスが書斎のドアを開けて見ていることには気がつかなかった。

アラベラが朝食をとるために階下へ行くと、タイタスは出かける用意をしていた。

「ジェラルディーンと一緒じゃないのかい？」

「彼女はベッドで朝食ですって。何か伝言があったら、伝えておきましょうか？」

タイタスの表情が気に障る。彼は面白がっているようだが、何が面白いのだろう？

「王立医科大学を訪ねる手配をしたから、十一時に正面玄関で会おうと伝えてくれないか？　五時過ぎには帰るからね、アラベラ」彼はドアのところで振り向いた。「ゆうべの君はとてもチャーミングだったよ」

返事を思いつく前にタイタスは行ってしまったが、アラベラは彼がジェラルディーンと一緒に大学構内をそぞろ歩くようすを想像してむかむかしてきた。大学でどんな催しがあるのか、訪ねる目的がなんなのかわからないが、二人は午前中を一緒に過ごし、そのあとで昼食をするつもりなのだ。

伝言を伝えに行くと、きちんと服を着たときにはすばらしいジェラルディーンが、ベッドの中ではなんとなく太って見えた。いつもは頑丈なコルセットをつけているのだろう。

「昼食は外で食べるわ」ジェラルディーンは伝言の礼も言わずにトーストをかじった。「タイタスはわたしと一緒に過ごすのが好きなの。でもそんなこと、あなたにはわかっているわね？」

アラベラは窓辺の安楽椅子に座った。「いいえ、わからないわ。説明してくださる？」

「わたしはいろんな男性に愛されてきたのよ」ジェラルディーンは得意げに言った。「でもわたしが結婚したい相手は一人だけだった……タイタスよ。彼がわたしと結婚したがっていたことは聞いたでしょう？　でも、わたしはばかだった。医学の世界で名をなしたかったから、彼を拒否し続けたの。でも、間違いだったわ。わたしたちの優れた頭脳は一つに結ばれるべきなのよ。彼があなたと結婚したことを責めるわけにはいかないわ。だけどあなたはわたしたちの障害にはならないわ。頭が切れるって感じでもないし、とびきりの美人でもないんですもの。優しい人であることは確かでしょうけど」それから横柄につけ加えた。「だからわたし、あなたに嫉妬《しっと》は感じないの。タイタスがあなたを愛していないことは、彼を愛してるわたしから見ると一目瞭然《りょうぜん》よ」

アラベラはそれ以上がまんできなくなった。「とても面白いお話ね。でもおしゃべりが長引いて遅刻してはいけないわ。朝食はすみました？　わたしがトレイを下げます。大学までの行き方はご存じ？」

「いいえ」

「わたしも知らないの。タクシーに乗るか、警官におききになるといいわ」

しばらくしてパーシーと犬たちを連れて庭に出ていると、ジェラルディーンが声をかけてきた。「これから出かけるわ」

アラベラはジェラルディーンを送り出すと、自分の部屋のドアにもたれてすすり泣いてから顔を洗い、鼻にパウダーをはたいた。

はれたまぶたと化粧では隠しきれなかった赤い鼻を、ミセス・ターナーに見られないようにしながらコーヒーを飲んだ。

ミセス・ターナーは通いのメイドのメージーに鋭く言った。「ミス・タルズマにつかみかかりたい気分だわ！　先生はどうかしてらっしゃるのよ。でもこの話を一言でももらしたら、ただではおきませんからね、メージー」

アラベラは犬たちを公園に連れていってから昼食に戻ったが、お皿の中身をつついただけで口にはしなかった。そのあと外出用の服に着替え、買い物に行ってお茶の時間に戻ってくると、また外出した。

どこへ行きたいのか自分でもわからないままタクシーに乗って、「オックスフォード通りへ」と言った。最初に頭に浮かんだからだ。歩道は買い物客でにぎわっている。華やかに飾ったウインドーをながめながらゆっくり歩き、必要でもないものをいくつか買った。スカーフ、ソックス、イミテーションの宝石がきらめく大きなイヤリング。帰宅してその奇抜なイヤリングをつけ、ほかのものは引き出しにしまい込んでから、階下へお茶を飲みに行った。

ミセス・ターナーがお茶のトレイを持ってきた。「ミス・タルズマが一時間前に戻ってお部屋で休んでますけど、お茶にお呼びしましょうか？」

「ええ、お願いするわ、ミセス・ターナー」

五分後に現れたジェラルディーンにお茶とケーキをすすめ、どんな半日を過ごしてきたか尋ねた。

「あんな楽しい思いをしたのは久しぶりよ。話すことがたくさんあって、昼食はおいしかったし……。ここを離れるのがとてもつらいわ」

「あら、お帰りになるの？」アラベラは、うれしそうな声にならないように注意した。

「用事ができると、わたしのような地位にいる者は休んでるわけにいかないの。今夜の便で発《た》つのよ。あなたが帰ってくる前にタクシーを呼んだわ」

「タクシーを？　すぐにお発ちになるの？」

「そうよ」彼女は時計を見た。「あと十分ほどで」

「タイタスががっかりするわ。帰るまで待ってくださったら、ヒースローまでお送りできるのに」

「もうさよならは言ったのよ。ときどき会うだけで満足するより仕方がないの。きっとまた会えるわ」

あまりにも突然なので茫然《ぼうぜん》としながら、アラベラは別れのあいさつをした。

「あなたはいい人ね」ジェラルディーンが言う。「タイタスが、あなたみたいに理解があって控えめで、彼を束縛せず子供じみたロマンチックな考えを持たない人を必要とするわけがわかるわ。さよなら、アラベラ」

ジェラルディーンを見送って戻ったアラベラの顔を見て、ミセス・ターナーが言った。

「お茶をいれますからね、奥様、ゆっくり召し上がってください。差し出がましいことを言うようですが、また静かになってよろしかったですね」

「彼女はとても美人よね」アラベラはかぼそい声で言った。

「美貌《びぼう》は紙一重と言いますよ。さあ、暖炉のそばにお座りになって。すぐにお茶をお持ちしますから」

アラベラはパーシーを膝に載せてお茶を飲んだ。足元には犬たちがうずくまっている。今日は奇妙なことが続いた。そしてタイタスに愛される望みなど、全然ないことがわかった。ジェラルディーンはキャリアを放棄したくなかったから、タイタスとの結婚を断念したそうだ。彼女は憎らしいが、嘘《うそ》をつく人だとは思えない。タイタスは結婚する前に、わたしに対して友情は抱いていても愛は感じていないと言ったのだ。

アラベラがぼんやり座っているところにタイタスが帰ってきた。そして最初に言った言葉は、「やあ、ジェラルディーンはどこ?」だった。

アラベラは姿勢を正した。「三十分前にヒースロー空港へ向かったわ」

彼はアラベラの前に座った。「突然だったんだね。電話がかかってきて呼び戻されたのかな?」

アラベラは注意深く言った。「知らなかったふりをしなくてもいいのよ、タイタス。彼女からあなたとのことは聞きました。彼女が帰ることはわかっていたから、昼食のあとでさよならを言ったんでしょう?」喉元に込み上げた塊をのみ込んで続ける。「あなたと彼女のこと、残念だと思うわ。でもやり直せない問題じゃないでしょう？　こういうことは簡単に……」

「アラベラ、これ以上くだらない話を続ける前に、わかりやすい言葉で話し合ってみようじゃないか」タイタスの声は穏やかだが目は険しかった。「つまり、ジェラルディーンとぼくは愛し合っているのに離れ離れでかわいそうだから、君が離婚を申し出てくれているというわけか？」

「ええ、わたしはそう言いたいの。だれにだって理解できる話だわ。あなたに妻が必要なことはわかります……専門的な職業を持つ男性はみんなそうでしょうから……でも、なぜわたしが選ばれなきゃならなかったの？」そうききながら、アラベラは自分で答えを出した。「おとなしいし、あなたを束縛しないし、子供じみたロマンチックな考えを持たないからだって彼女に言われたわ」

「ジェラルディーンはかなりいろんなことを言ったようだな。君はそれを信じたのかい？」

「信じたくはないけれど、彼女みたいに有名で立派な医師が、嘘をつくはずはないでしょう？　それにあなたは、妻が待つ家庭へ毎日戻ってきたいし、結婚相手を見つけたがる友人たちの攻勢に歯止めをかけたんだとおっしゃったわ。わたしはジェラルディーンのことを知らなかったから、あなたの言葉をそのまま受け入れたんです」

「ぼくの言い分は聞きたくないのかい？」

「そんな話をしたら、あなたは悲しくなるだけでしょうから」

「悲しいどころか、ぼくは怒りを感じるよ、アラベラ。君が優しさと寛大さにあふれる態度でいつまでもそこに座っている気なら、ぼくは君の首の根を絞めるからね」

「それじゃわたしは、どこかほかへ行って座るわ」

アラベラはパーシーを抱いて部屋を出ると、頭痛がするからもうやすむとミセス・ターナーに言いに行った。

「夕食を一口召し上がったら？」ミセス・ターナーが言う。

「いいえ、食べたくないの。でも先生には、いつもの時間に食事を出してあげてくださいね」

タイタスは飲み物をついでから椅子へ戻った。そして長い間考えていてから笑い出した。

「ぼくたち二人はまったく愚か者だよ」

「奥様はおやすみになりましたよ」ミセス・ターナーがスープを出して言った。「頭痛がするのも当然ですわ。余計な口出しかもしれませんがね、先生、あの先生のお友達が奥様の心を乱されたんですよ」

タイタスはスープを味わった。「これはうまい。ミス・タルズマとはあまり共通点がないし、アラベラは彼女の訪問が意外だったんだよ」忠実なハウスキーパーを見上げて続ける。「ミス・タルズマがまた訪ねてくる可能性は、まずないよ」

「それはよろしいこと。奥様が心を痛めておられるようすは見たくないですから。先生もよくご存じのとおり、あんなにお優しいレディーでございますものね」

「それは確かだ。あとで軽い夕食を二階へ届けてくれないか。少し食べれば頭痛も和らぐと思うから」

「オムレツを作りますわ」ミセス・ターナーはスープ皿を持ってキッチンへ戻った。

アラベラはミセス・ターナーが作ってくれたオムレツを食べて、その夜は熟睡した。翌朝、朝食をとりに階下へ行ったが、彼に謝るつもりはなかった。わたしの首を絞めたいなどと言った彼こそ謝るべきなのだ。タイタスの向かい側に座ってコーヒーをつぎ、彼がサイドボードから持ってきてくれたスクランブルエッグを受け取ると、そつなく朝のあいさつをした。

「気分はよくなった?」彼が軽い口調できいたのが、アラベラの気に障った。「ゆっくり眠ると、また物事がまともに見えてくるものだよ」

アラベラはトーストにバターをつけ、卵を口に入れた。「わたしの意見はゆうべから変わっていないから、話すことは何もありません」

「依然としてばかげた非難を続ける気かい、アラベラ?」

鋭さをひそめたなめらかな声だった。アラベラはぞくっとした。この落ち着いた表情の下には、かんしゃく玉が隠れているかもしれないのだ。でも、わたしはおびやかされたりしませんからね。

「ええ、でもばかげた非難なんかじゃありません。オランダであなたは、ジェラルディーンは正直で信頼できる医師だとおっしゃったんだから。今さら彼女を嘘つき扱いなさる気じゃないでしょうね？」

彼はそれには答えずに時計を見た。「もう行かなきゃならない。今日はすることがたくさんあるんだ。事故でもないかぎり六時までには帰るよ。マーシャル夫妻と一緒に食事をする予定だったよね？」

「ええ」

「一日二日たって君が冷静になったら、静かに話し合おう」

「静かな話し合いなんてしたくもないわ。言うことはもう何もありませんから」

「これは驚いた。ぼくには言いたいことがたくさんあるよ。荘園《しょうえん》へ行ったら話す時間は充分あるだろう」

タイタスはアラベラの肩に手を触れてからドアへ向かった。その感触にアラベラは急に涙ぐんだ。こんなに彼を愛しているのに……わたしのしてることは間違っている。でもどんなふうにしたらいいのかわからない。わたしの優しさと寛大さを、彼はそのまま受け取ってはくれなかったのだ。

クリスマスが迫ったので、アラベラはプレゼントを包装し、送られてきた数多くのカードを応接室中に並べた。そして、ひいらぎとクリスマスローズと蔦《つた》とヒヤシンスを生けてテーブルの中心に置いた。窓のそばに立てた小さなツリーの豆電球が、ガラスの飾り物をきらめかせて美しい。

明日は医師の妻たちが数人、コーヒーを飲みに来ることになっている。マーシャル家やパーティで知り合った人たちで、病院でのクリスマスの催しについて話してくれるそうなので、家に呼ぶのが名案だと思ったのだ。

犬を散歩に連れていってから、クリスマスの最終的な買い物をしに出かけた。案がひらめくのを待っていたので、タイタスのプレゼントはまだ買ってなかった。彼はなんでも持っているから、店のウインドーをのぞいて、何か見つけるより仕方がない。

タイタスに腹を立ててみじめな気持になってはいても、彼を愛しているから何か特別なものを贈りたい。アラベラはウインドーをのぞきながら、ボンド通りの端から端まで歩いた。なんでも持っている人には、何をあげたらいいのだろう?

ついに小さな書店で見つけた。その店には、珍しい本や古い地図や版画が天井まで積み上げてあった。チョーサーの『カンタベリー物語』の初版本。この作品について彼が話してくれたことがあった。これがタイタスへの最初で最後のプレゼントになるかもしれないと思うと、悲しくなる。彼が提案した静かな話し合いは、考えたくもないような将来につながりそうなのだ。

その夜のマーシャル家でのディナーパーティのために、アラベラは念入りに身支度をした。長袖《ながそで》でハイネックの濃いグリーンのベルベットのドレスを着て、髪を複雑な形に結い上げた。

応接室に行くとタイタスが戻っていた。犬たちと並んで座って郵便物に目を通していたが、アラベラを見て立ち上がった。

「着替えてくるよ。今日、犬たちは外へ出した?」

アラベラはパーシーを暖炉のそばに下ろした。「ええ、散歩させました」

「それはよかった。何か飲み物を作ろうか?」

「いいえ、結構よ」

アラベラが座るとパーシーが膝の上に上がってきて、バセットは椅子の周りを飛びはねた。

「楽しい一日を過ごしたかい?」

「ええ。明日はお客様が数人見える予定で……」

「ぼくは一日留守にして、帰りは遅くなりそうだ。起きて待っていてくれなくてもいいよ」

「お忙しいのね」

「ああ。午前中にライデンへ行かなきゃならないが、荘園へ出かける時間には戻るつもりだ」

タイタスが部屋を出ていったあと、アラベラはパニック状態に陥った。ライデンへ行ったら、もちろん彼はジェラルディーンに会って何が起きたか知らせ、戻ってきたらわたしと話し合いをして、残酷な結論を宣告することになるのだ。

マーシャル家でのディナーパーティに集まった客は、アラベラの知っている人ばかりだった。室内はひいらぎとやどりぎと大きなツリーで飾られ、クリスマスの雰囲気がいっぱいだ。ゆっくり食事をしたあと応接室に移って、気楽な会話を楽しんだ。みんなが帰る支度を始めたのはかなり遅くなってからだった。

帰宅すると、アラベラは廊下に立ってタイタスに言った。「楽しかったわ。わたしはもうやすみます。明日の朝は早く出発なさるの？」

「ああ。クレッシダに、君がよろしくと言っていたって伝えようか？」

「あら、彼女にもお会いになるの？」

「君は、ぼくがだれに会うと思っているんだ？」

「もちろん、ジェラルディーンに……」

「ああ、なるほど」彼は書斎に向かった。「おやすみ、アラベラ」

タイタスはデスクに向かったものの、何も手につかなかった。自分は確かに腕のいい医者ではあるが、アラベラを愛していることに気づいてさえいなかった。初めて見た瞬間からいつも彼女のことを考えていたのに、結婚を申し込んだときでさえ自分が一目惚《ひとめぼ》れしたということを意識していなかったのだ。

膝の上へよじ登ってきたバセットの耳をそっと引っ張り、もう片方の手を伸ばしてビューティーの頭をなでながら言った。

「帰ってきたらアラベラと話をしなくては……。この誤解が解けたら、彼女に愛してもらえるかもしれないからね」

アラベラは一人きりの朝食をするために階下へ行った。憂鬱《ゆううつ》な気分になる暇などないように今日は忙しくして過ごそう。プレゼントの包装がまだ残っているし、ミセス・ターナーとクリスマスの計画を立てなければ。荘園に行っても、タイタスはクリスマスの翌々日にいくつか患者の予約が入っているので、その前夜遅くにリトル・ヴェニスに戻る予定だ。でもわたしは、しばらく荘園に残るかもしれない。

忙しく過ごそうと努めたにもかかわらず、その日はのろのろと過ぎていった。犬と散歩から戻ったところへタイタスから電話があった。彼は冷静な声で、今夜は無理だが明日の午後には戻るつもりだと言った。真っすぐに病院へ行くから、わたしに会うのはそのあとになるだろうということだった。

「君のほうは変わりはないかい？」

「ええ、大丈夫よ。ありがとう」アラベラは答えた。たとえ何か言いたいことを思いついたとしても、口に出す暇もないうちに彼は簡潔にさよならと言って電話を切ってしまった。

コーヒーに招待した医師の妻たちとの会話を思い出す。みんな感じのいい人たちだったが、花嫁とか薔薇《ばら》色の将来とかいうことが話題になったときには、アラベラは身の縮む思いをした。医師はいい父親になるものだとだれかが言ったことが、今でも頭に残っている。

翌日の午後、タイタスが病院へ行く前に思いがけなく戻ったので、クリスマスプレゼントにリボンを結んでいたアラベラは驚いて目を上げた。

「必要なものが書斎にあって、取りに寄ったんだ」彼が説明する。「五時過ぎに帰るから、そのあとすぐに出発できるかな？」

「ええ。出発の前に何か召し上がる？　サンドイッチとコーヒーかお茶でも？」

「向こうに着いてから食事をしよう。バターに電話して、八時ごろ着くから夕食が必要だと言っておいてくれないか？」彼は優しい口調で言ったが、早く病院に行きたくてむずむずしているようだ。

「わかりました」アラベラは事務的に答えた。

その日、二人はミセス・ターナーにプレゼントを渡してから、六時前に出発した。荘園へ持っていくものをトランクに入れ、犬たちとパーシーを後部席に乗せた。クリスマスどきの道路は混雑していて、高速道路へ出るまでにかなり時間がかかった。

アラベラは一度か二度、彼に話しかけたが、単語の返事しか帰ってこないので口を閉じた。みじめな気分になった。両親を亡くした直後の去年のクリスマスも暗かったが、今年はもっとみじめだ。ほかの女性を愛する男性を愛しているのだから……。

9

荘園《しょうえん》の門を入るなり光輝くクリスマスツリーが見えた。たくさんの窓から明かりがもれている。玄関の前に車を止めると、デュークの低い声が聞こえ、ビューティーとバセットもうれしそうにほえ始めた。タイタスは先に降りてアラベラの側のドアを開け、犬たちを出してやってからパーシーのバスケットを手に取った。開いたドアから駆け出してきたデュークが、あとの二匹と一緒に庭を走り回る。戸口に立つバターの背後に、もう一本ツリーが立ててあるのが見えた。アラベラはため息をもらした。そんな彼女にタイタスがちらっと目を向けたのには気づかなかった。

バターは満面に笑みをたたえている。「おかえりなさいませ、奥様……先生。夕食の用意ができておりますよ。大奥様とミス・ウェリングがご一緒なさりたいそうです」

「まあ、うれしい」アラベラはタイタスに言った。「わたしはコートを脱いで、ミセス・バターにあいさつをしてくるわ」

タイタスがバスケットから出してくれたパーシーを抱くと、アラベラは彼の目から逃げることができてほっとしながらキッチンへ向かった。

ほどなくして、みんなで夕食をした。今日のミス・ウェリングはとても明るく見え、ワインを二杯も飲んだ。ミセス・タヴェナーの質問攻めにあい、タイタスはたびたびアラベラに加勢を求めながら返事をしていった。二人の間にどんな相違があろうとも、プライベートな問題を表に出してはいけない。

やがてミセス・タヴェナーは、ほろ酔い状態の忠実なミス・ウェリングを伴って寝室へ引き上げた。

「ちょっと話をしたいんだが」タイタスが言った。「でも、君は今のところ話したくないようだね」

「ええ」アラベラはパーシーを抱いて応接室の暖炉のそばに座った。「わたし、まだ怒っているの。二、三日待ってくださったら聞いてもいいけど」

「でも、クリスマスの間は休戦するべきだと思わないか？　祖母を悲しませたくないし、せっかく一生懸命に準備をしてくれたみんなにも心配かけたくない。長い間ここで働いてきた人たちだから、ようすがおかしかったらすぐに気づくんだ」

アラベラは静かに言った。「もちろん、それについてはわたしも同感だわ。あらゆる努力をします。ところでタイタス、クリスマスのあと、わたしだけここに残ってもいいかしら？　次の週末にあなたが見えるまで」タイタスが何も答えないので彼女は続けて言った。

「そのほうが……考えをまとめるためには、少し離れていたほうがいいと思うの。わかるでしょう?」

「でも見方の問題だと思うよ。君の場合、間違った感情が視野を狭めているんじゃないかな?」

「感情ですって?」アラベラは叫んだ。「視野が狭いのはあなただわ」パーシーを膝から下ろして立ち上がる。「わたしは疲れているの。おやすみなさい、タイタス」

彼のほうがアラベラより先にドアの前に行った。そしてアラベラは、顔をそむける間もないうちにキスされていた。「気むずかしやだな」と言って彼は笑った。

アラベラは自分の部屋に戻るなり、わっと泣き出した。

だが、翌日のクリスマス・イブの朝に目を覚ましたとき、自分の感情がどうであろうと、それを表に出してはいけないとアラベラは思った。ありがたいことに今日は忙しくなりそうだ。夕方には聖歌隊が訪ねてくる。温室で特別に栽培された花をたくさん教会へ届けなければならないし、お昼には村の公会堂で子供たちのための昼食会が催されるのだ。

みんなの期待にそむかないように慎重に着替えをして朝食に下りていくと、タイタスが満足そうにうなずいた。

「子供たちの昼食会で会おう」と明るく言う。二人の仲はごく円満であるように人目には映るだろう。「君が教会にいる間に、すませなきゃならない用事がぼくにはあるのでね。

夜中には礼拝に出席するんだよ、アラベラ。祖母とミス・ウェリング、それにバター夫婦も一緒だ」

「それはいいこと。朝の礼拝にも行くんですか?」

「ああ、午前中は忙しいから、プレゼントはここへ正午ごろ戻って昼食をする前に交換するんだ。ミセス・バターとはもう話したかい?」

「ええ、万事きちんとしてもらいましたわ」

「彼女は祖母がここへ嫁いできたとき、十三、四歳のキッチン付きのメイドだったんだよ。それ以来、毎年クリスマスを一緒に祝ってきた」

「でも彼女はバターと結婚して……」

「そのころは執事もいたよ。使用人を安く雇える時代だったからね。バターは運転を習うまで執事の下で働いていた。その後、運転と荘園の管理をしてくれている。彼は、ミセス・バターもそうだが、使用人というより旧友なんだ。いつもおなかをすかせているぼくに、よくパンやグレービーをくれた。おいしかったな……」

アラベラは、おなかをすかせた少年がパンとグレービーを頬ばっている姿を目に浮かべた。「あなたはここで幸せに過ごしていたのね?」

「ああ、また幸せになるつもりだよ。今はまだ、そうではないが……」

「わたしも幸せだとは言えないわ」アラベラは普通の声を出そうと努めた。今が……朝日の差し込む食卓で朝食を食べているこの瞬間が、彼と話し合う好機かもしれない。

ところがバターが入ってきた。温室から花が届いたから、朝食後に検分してもらいたいと言う。

「すぐ行きます。食事はすんだから」アラベラはタイタスのそばから離れたくなった。

花束はとても美しかった。

「今から教会へ届けるわ。早めに行って生けておかないとね」

彼女は新しいコートを着て対の帽子をかぶった。細いつばつきのフェルト製だ。最新のスタイルのブーツも、小さな足にぴったりで気に入っている。クリスマスだから、ひいらぎの模様がついたグリーンのスカーフを首に巻いた。鏡の中の姿はまんざら悪くないけれど、タイタスは見てもくれないだろう。そう思いながら、階下へ向かった。

彼はホールで待っていた。コートを着た姿がとても大きく見える。

「歩いていこうか?」タイタスが言った。

バターが二人のためにドアを開けようと、すぐそばにいるので、アラベラは即座に言った。「ええ、それがいいわ。あなたが犬たちを引き受けてくださる?」

「もちろん。教会で別れるんだ。君はしばらくあそこにいることになるよ。十一時に牧師館でコーヒーに呼ばれているから、そこでまた会おう」

出ていく二人を見て、なんとすばらしいカップルだろうとバターは思った。先生だからこそ、あれほど完璧《かんぺき》なレディーを選ばれたのだ、と。

タイタスと並んで門を出て村へ向かいながら、口論したあとであるにもかかわらず、アラベラは意外にも楽な気分で彼と会話をすることができた。

教会に着くと、アラベラの肩に腕を回したまま牧師と話してから、タイタスは離れていった。

牧師はタイタスについて盛んにほめた。「父上と同じように村にかなり貢献されているのに、それを人に知られることを嫌われるんですよ」と、アラベラに向かってにっこりする。「もちろんあなたにはお話しになってらっしゃるでしょうね。彼があなたに隠し事をなさるはずはありませんから、ミセス・タヴェナー」

アラベラとタイタスは牧師館で再び顔を合わせ、牧師の家族に囲まれてコーヒーを飲んだ。アラベラは、お茶の時間に現れる予定のタイタスの親戚《しんせき》のことを考えた。牧師の家族みたいに楽しい人たちかしら……。

子供たちの昼食会は騒然としていた。男の子たちはあちこちでけんかを始めている。おしゃれをした女の子たちは、初めはおとなしかったが、やがて男の子よりやかましくなった。子供たちは長いテーブルに並んだ食べ物を平らげ、レモネードを飲み干してから、紙の帽子をかぶってクリスマスツリーの周りに集まった。アラベラは一人一人にプレゼントを手渡した。優雅な帽子の上に紙帽子を載せ、楽しそうに子供たちと澄んだ声で歌う彼女に、タイタスはすっかり魅せられていた。

アラベラが自分の妻であることを考えると、思わず口元がほころぶ。そんなロマンチックな思いを抱く年でもないのに。彼女がジェラルディーンに関する説明を聞いてくれればいいのだが……適当な時機が来るまで待つより仕方がないだろう。それまで、意見の違いは隠しておくべきだ。彼女が荘園にしばらく残るというのは、いい考えかもしれない……。

やがて二人は犬たちを連れて帰宅し、ミセス・タヴェナーとミス・ウェリングと一緒にシェリーを飲み、おしゃべりしながら昼食をとった。そのあとミセス・タヴェナーは休息しに行き、タイタスは書斎に入った。アラベラは準備の整い具合を調べるために、客用の寝室を見て歩いた。六人が泊まり、クリスマスの翌日の昼食には八人が参加するはずだ。

裏庭に面した大きな部屋へ行くと、タイタスが犬たちと散歩しているのが見えた。仕立てのいいツイードのジャケットを着てポケットに両手を突っ込み、くつろいだ姿だ。アラベラは彼のそばへ行きたくてむずむずした。もし行ったら、タイタスに邪魔だと思われそうだ。アラベラはキッチンに行って、三十分ほどミセス・バターとおしゃべりすることにした。

お茶の時間になると、まずミセス・タヴェナーの息子が現れた。姿勢のいい白髪の男性で、アラベラの手を取ると、ぜひトム叔父さんと呼んでほしいと言った。彼の妻のメリーは分厚いレンズの眼鏡をかけていて、ジェレミーとローザが嫁に会えなかったのが残念だとつぶやいている。「ぼくの両親のことだよ」タイタスが言った。「トム叔父さんは末息子なんだ。さあ、いとこたちに紹介するよ。ジョセフィーン、ビル、トーマスにマークだ」

アラベラは三人の青年と一人の女性と握手し、興味津々のまなざしを全身に感じた。

まず口を開いたのは、トーマスだった。「タイタスは一生結婚しないのかと思っていたよ」

「長男だというのにね」マークが言う。「ぼくが先に君と出会えなかったのは残念だな」人なつっこい笑顔の明るい青年だ。「ぼくも医者なんだけど、結婚どころか好きな女性を見つける暇さえないんだ。トーマスは婚約したところだよ。ジョセフィーンも間もなく婚約する。こういう家族の集まりも、あっと言う間に赤ん坊だらけになりそうだな」

みんな声をあげて笑い、そのあと暖炉を囲んでお茶を飲みながら、会話は一般的な話題に戻った。しばらくしてアラベラは、ミセス・バターを手伝いに行った。スモーク・サーモン、子羊のロースト、数種類の野菜、ポテトのソテー、ドライフルーツのデザートというメニューだ。糊《のり》のきいたリネンのクロスと銀器とクリスタルで整えられたテーブルは、とてもすてきだ。中央に置いたひいらぎを、銀の燭台《しょくだい》に立てた赤いろうそくが取り巻いている。

その日アラベラがベッドに入ったときは一時を過ぎていた。教会は満員で、礼拝がすんでもだれも急いで去ろうとしなかった。ミセス・タヴェナーをやっと説得して荘園に戻り、アラベラは部屋まで送って温かい飲み物を届けた。

「あなたは優しい人ね」とミセス・タヴェナーは言った。「タイタスは幸せ者だわ」

でも、彼の意見は違うかもしれない。そう思いながら、翌朝アラベラはメリー叔母の隣に座って、タイタスから熱いココアを受け取った。タイタスはアラベラをにこやかに見つめたり、肩に手をかけたりして、実にそつなくふるまっていた。

ゆっくり朝食をとったあと教会へ行き、戻ってから家族一同とバター夫婦がクリスマスツリーの周りに集まった。アラベラとタイタスが、全員に持ってきたプレゼントを手渡すと、室内はたちまち色とりどりの包装紙でいっぱいになった。最後の一個を配り終わったアラベラは、自分の分を開け始めた。

ソファに座ったアラベラの横にタイタスも腰を下ろした。「紙包みを開けるのが、なぜこんなに楽しいんだろう?」

「何が入ってるだろうっていう好奇心のせいだわ」アラベラは、ジョセフィーンにもらったローズピンクのスカーフをうっとりながめた。「わたしの好みの色だわ」と、新しいいとこに言う。彼女とは仲よくなれそうだ。二人は目を見合わせてにっこりした。

アラベラはタイタスの手書きのシールが貼《は》られた小箱に気づいたが、わざと最後まで残しておいた。動物たちからのプレゼントもあった……チョコレート、香水、小さなイブニング・バッグ……もちろんタイタスが買ったものだ。アラベラも古書とは別に四匹の名で、ビクトリア朝風のインク吸い取り器を彼のデスク用に買った。みんなはまだプレゼントを開けるのに忙しくて、二人の方は見ていない。

タイタスがアラベラの手に手を重ねて静かに言った。「ぼくが珍しい本を収集していることが、どうしてわかったんだい？」

「ここととリトル・ヴェニスの図書室を見回したんですもの。気に入ってもらえるといいけれど」

「とてもうれしいよ、アラベラ。ありがとう」

アラベラは最後に小箱を開けた。イヤリングが入っていた。金台にちりばめたダイヤ。あのネックレスと同じ形だ。「きれいだわ。ネックレスと対ね」

「作らせたんだよ」

「でも、数週間前にネックレスをくださったばかりなのに」

「君にネックレスをあげることは、結婚する前から決めていたんだ。それでこのイヤリングもよく似合うだろうと思って」

「オランダ旅行の前に……その前に……作らせてくださってあったの？」

アラベラが涙をこらえていると、マークが部屋の向こうから声をかけてきた。「そこのお二人、何をささやき合っているんだい？　アラベラ、タイタスが何をくれたの？　そんなに目が輝くほどすばらしいものだったんだろうね」

アラベラがイヤリングを持ってマークのそばに行くとみんなが周囲に集まってきた。

「つけてみるべきよ」メリー叔母が言う。

アラベラが鏡の前へ行って耳につけると、だれかが叫んだ。「彼にお礼をしないのかい？　するべきだよ。クリスマスだもの」

アラベラは仕方なくソファの方に行った。立ち上がったタイタスの頬に背伸びしてキスするつもりだったのに、ぐっと抱き寄せられ、息が詰まりそうなキスをされた。

「まあ……」アラベラが彼を見上げると、鮮やかなブルーの瞳がきらめいていた。

「君と二人きりでないのが残念だ」タイタスはそうささやくと、みんながからかったり笑ったりする中で手を離した。

アラベラはその日の残りを夢うつつで過ごした。ビュッフェ式の昼食は大勢で一緒にとり、過去のクリスマスのエピソードや、やがて到着するはずの親戚の話をした。お茶の時間もつつがなくすみ、新しい顔と名前をまたいくつか覚えた。

泊まり客が夕食のための着替えに行った間だけ、しばらく静かになった。アラベラは茶色のドレスにダイヤのネックレスとイヤリングをつけた。やがて夕食が始まり、みんなさまざまな話に花を咲かせ、七面鳥とそれにつきものの数々の料理、ミセス・バターのクリスマス・プディングを食べた。

翌日は客が家中にあふれている上に、村の人たちが現れたので大忙しだった。タイタスと話をする暇などない。でもそれでいいのだ。彼のキスに今でもまだ混乱している。タイタスは家族が見ていたからキスしただけかもしれない。二人きりになったらきいてみよう。それにジェラルディーンに関する話し合いがまだ残っている……。

タイタスは夕食後に、アラベラを残してリトル・ヴェニスに帰ることになった。来週末に迎えに来ることになっている。彼が応接室で家族に別れを告げたあと、アラベラはドアのところまでついていった。

「和解状態はかなりうまくいったね」タイタスはアラベラを見下ろしてかすかにほほ笑んだ。

「あの、わたしの考えでは……」アラベラが言いかけたとき、サイドテーブルの電話が鳴り出した。

タイタスが出た。「ミセス・ターナー？　どうかした？」しばらく耳を傾けてから言う。「ライデンから？　ぼくは今夜遅く着くと言ってくれたんだろうね？　よかった」腕時計に目をやる。「二、三時間でそっちに着くよ」

受話器を置いた彼に、アラベラは言った。「ジェラルディーンね……」

タイタスの顔には、なんの感情も浮かんでいない。「君がそう思うなら……」

彼はアラベラには目もくれずに車の方へ歩いていった。アラベラは彼が激怒していることを本能的に感じ取った。「気をつけて、タイタス。気をつけてね……」振り向きもせずに去った彼を、アラベラはテールライトが消えるまで見送った。青ざめて客のところへ戻ったが、幸いにもそれは彼と別れたせいだと思われた。みんなに慰められ、飲み物をすすめられて、早く床についてゆっくりやすむべきだと言われた。「忙しすぎたのよ」メリー叔母が言う。「疲れたでしょうね。でも大成功でしたよ。あなたの気持はよくわかるわ。別れはつらいけれど、医師の妻というものは……」

翌日昼食のあとでみんなが帰り、ミセス・タヴェナーとミス・ウェリングも部屋へ引き上げてしまうと、アラベラの相手は三匹の犬とパーシーだけになった。朝早くリトル・ヴェニスに電話したときには、タイタスは三十分ほど前に病院に向かったとミセス・ターナーが言った。「先生はとてもお疲れのようでしたよ。おやすみになるべきなのに、夜も電話にかかりきりでいらしたから……」

「ああ、ライデンからの電話ね……」

「そうなんですの、奥様。鳴りどおしでしたわ。患者さんのことらしかったですよ。先生があとでかけ直すとおっしゃってましたから」

アラベラは電話をしたことを後悔した。その日を切り抜けるのがいっそう困難になった。

犬たちと長い散歩に出かけると、やや気分がましになり、動物たちと小さな居間の暖炉のそばに座ってお茶を飲んだ。バター夫婦は村の人たちと夜のひとときを過ごしに行ったので、自分で夕食を作ることにした。

夕食の後片づけをしてからしばらくテレビを見てスイッチを切り、決心してリトル・ヴェニスに電話をかけてみた。今度もミセス・ターナーが出た。

タイタスと話したいとアラベラが言うと、彼女はけげんそうな声で答えた。「大急ぎでオランダへ行かれましたけれど……明日お帰りになるそうですわ。きっと向こうからお電話なさいますでしょう」

「そうね。飛行機に乗る前に、いろいろ説明している暇がなかったに違いないわ。帰りしだい詳しい話をしてくださるでしょう。ここへ電話がかかるかもしれないし……。きっと緊急の用事だったのね」

ここに一人残って考え事をする時間に恵まれたのは幸いだった。タイタスとしては、完璧な主人と夫の役を務めながらここでクリスマスを過ごすのは、さぞ苦痛だったに違いない。だから病院での仕事を口実にさっさと行ってしまったのだ。急いでライデンへ来させるために、ジェラルディーンは彼にどんなことを言ったのだろう？

タイタスが来るまでの日々を、アラベラはほとんど休まずに忙しくして過ごした。馬とろばの世話をし、犬たちと長い散歩に出かけ、牧師館を訪ね、村の女性たちを招いてもてなした。すると地元女性の集いや、救急処置の講習や、教会のバザールの委員に加わるようにとすすめられた。

やっと金曜日になったが、タイタスからはなんの連絡もなかった。アラベラはミセス・バターと週末のメニューについて相談をしながら、今夜また彼に会えると思うと胸がどきどきした。ただし口論する結果になりそうだ。そして、すでにひびの入った心が完全に破壊されてしまうのだ。そういう形でけりをつけるのもいいかもしれないと思いながらアラベラは再び犬たちを散歩に連れ出した。

夕方近くになると、タイタスと顔を合わせる勇気を失った。裏の小道を行ったら近づく車の明かりが見えるだろう。彼が屋敷に入るのを見届けてから戻ってくればいい。バター夫婦はダイニングルームにいたので、キッチンを通って廊下に出た。突き当たりのドアから野菜畑へ出ることができる。ドアの後ろに古いコートや帽子やゴム長靴があったので、フードつきのジャケットとミセス・バターのゴム長靴を借りて外に出た。

まだ暗くはないが、丘の向こうに雲が固まっている。懐中電灯が必要だろうか？　でもタイタスは早めに着くかもしれない。

野菜畑の向こうの小道はかなり険しい坂になっていた。馬小屋に寄って、引き抜いてきたにんじんをベスとジェリーに与えた。そして丘のてっぺんに出るころには夕闇《ゆうやみ》が迫り、遠方にあった雲が急に頭上へ来て雨が降り始めた。村を見下ろすと、突風が背後から吹きつけ、木々を揺さぶってきしませた。アラベラは怖がりではないが、家の暖炉のそばへ戻りたくなった。

丘を下りる細い近道がある。木々の間へ少し入っていかなければならないが、一度タイタスと一緒に通ったことがあるから薄暗がりの中でも見つかるだろう。右の方だったはずだ。アラベラは木陰に入っていった。激しく降り出した雨が、風にあおられてみぞれに変わってきている。分かれ道へ来てから村の方角に向かって左へ踏み出したとたん、深い溝へ転がり落ちてしまった。

驚きのあまり何もできず、枯れ葉と二、三センチの水たまりの中に一瞬横たわった。ゆっくり立ち上がって這《は》い上がろうとしたが、ぬれた苔《こけ》と土で側面がぬるぬるしている。草をつかんだが、引き抜けてしまい、また水たまりの中へ転落した。真っ暗になる前に這い出さなければ……。注意深く歩き回ったが、足がかりになるものは何もない。石を積み重ねたくても、一個も見当たらなかった。

「困ったわね」とアラベラは独り言を言った。怖がりではないが、ここで一夜を過ごすことを考えるとぞっとする。しかしそんなことにはならないだろう。わたしの姿がないことに、荘園の人たちが気づいてくれるに違いない。懐中電灯を持ってこなかったのが残念だ。風が静まったら叫ぶこともできるが、今のところ叫んでも無駄だ。この上ねずみでも出てきたら目も当てられないわ。

タイタスは満足げにため息をもらして家の前に車を止めた。アラベラがなんと言おうと、ぜひ話し合わなければならない。ただしその前に彼女を抱きしめて、キスで唇を封じて……。

三匹の犬にはうれしそうに飛びつかれ、パーシーには威厳たっぷりに歓迎された。バター夫婦もうれしそうだ。天候が急に悪化したことを残念がったあと、飲み物をすすめ、奥様は応接室にいらっしゃいますと言った。

しかしアラベラはいなかった。

「おや」ミセス・バターが言う。「犬と散歩にいらしたあと、先ほどここでお茶を召し上がってらしたから、きっとお二階でしょう。わたしがお呼びします」

「いいよ、ぼくが行く」タイタスは階段を二段ずつ上がっていった。ドアをノックして入ってみたが、アラベラはいなかった。各部屋を見て回って再び階下へ行った。彼女の姿はない。

「外出されたはずはありませんわ」ミセス・バターが言った。「わたしたち二人とも、ダイニングルームにおりましたから。玄関のドアが閉まったら聞こえたに決まってますもの」

「じゃあ、裏口だ」見に行くタイタスのあとに、バター夫婦が従った。「何かここからなくなっているものはないかい?」彼はそこにかかったコートやケープを押しのけてみた。

「わたしの長靴が」ミセス・バターが突然言った。「今朝野菜畑へ行ったときはいて、その古いジャケットの下に置いたのに」

「バター、懐中電灯を持って村へ行って、ミセス・タヴェナーを見かけた人がいないかきくんだ。ぼくは小道を登ってみる。彼女が見つかったら懐中電灯を振り動かしてくれ。ぼくもそうするから」

タイタスは古いレインコートに手を通した。足に合う大きなブーツはなかったので、それはあきらめた。懐中電灯を手にしてドアを開けると、息苦しくなるほどの勢いで風が吹きつけている。犬たちが手伝うつもりでついてきた。一緒に小道を登りながら、タイタスはたびたび足を止め、風に負けないように大声で叫んだ。「アラベラ!」

その声がアラベラの耳に入った。寒くて体の感覚がなくなり、足は氷の塊になっている。何度も溝の側面をよじ登っては、底まですべり落ちた。かぼそい悲鳴しか出なかったが、もう一度叫ぶと、うれしいことに彼の返事が聞こえてきた。次の一分間がひどく長く思えた。やがて頭上に懐中電灯の明かりが見え、四対の目が彼女を見下ろした。

アラベラを発見して大喜びの犬たちがほえ立てる。

「やあ、おばかさん」

タイタスにあまりにも優しい声で言われ、アラベラは声をあげて泣きたくなった。が、なんとか涙をこらえた。「これ以上だれも中へ落ち込まないようにしてね」

タイタスは溝を懐中電灯で照らして調べて、犬たちに座っているように命令した。「しっかり聞くんだよ、アラベラ。端まで行って……そうだ、行き止まりまで行くんだ。そこは少し浅くなっている。ぼくが手を伸ばすよ。君が腕をできるだけ高く上げたら、引きずり出してあげるからね」

「無理だわ……わたしは重すぎるから」

彼は笑って言った。「それは君のばかげた意見というものさ」バターの目に入るといいがと思いながら、タイタスは懐中電灯を空中で振った。そして大きな体を雨を吸い込んだ地面に横たえた。彼はたくましい両腕を溝の中に差し入れ、アラベラの冷たい手をとらえた。

アラベラは無惨な格好で引き上げられた。体中に泥と苔と草がついていてびしょぬれだ。立ち上がった彼に助け起こされ、「ありがとう、タイタス」と小声で言うなり涙にむせんだ。彼に抱きしめられ、なりふり構わずにすすり泣き、やがてはなをかんで顔を拭《ふ》いてから言った。

「ごめんなさい」

「ぼくのかわいい愛する人……」

今まで聞いたことがない口調でタイタスが言った。が、それ以上言う前に、バターが息せき切って駆けつけたので、タイタスはアラベラが息をのむようなキスをするだけで満足した。

「バター、ミセス・タヴェナーは溝に転落してね、ずぶぬれで寒がっている。先に帰ってミセス・バターに風呂の用意をしてもらってくれないか？　ぼくたちもすぐに行くから」

バターが急ぎ足で立ち去ると、タイタスはアラベラを抱き上げ、犬たちを従えて小道を下りていった。

「わたし、歩けるのよ」アラベラは言った。

ぼくのかわいい愛する人、と彼は言ってくれたが、あれはわたしを元気づけるために言ったのかしら？　そしてあのキスは？　いつまでも覚えていたい。

玄関でバター夫婦が、ブランデーのボトルとグラスを用意して待っていた。

「ああ、これは何よりだ」タイタスはアラベラを下ろしたが、手は離さずに言った。

「でも、わたしブランデーは嫌いなの」アラベラが言う。

タイタスはそれを無視した。無理やりブランデーを飲まされたアラベラを再び抱き上げて、彼は二階へ運んでいった。

三十分後、アラベラはすっかり温まり、シャンプーして生乾きの髪を後ろに垂らしたまま階下へ下りていった。

「服はお召しにならなくていいから、暖かい部屋着にくるまって、早くおやすみになるようにと先生がおっしゃいましたよ」

ミセス・バターにはそう言われたが、その前にアラベラは、彼と会わなければならなかった。

タイタスは応接室で待っていた。何事もなかったように平然としている。余裕がある裕福な紳士そのものの姿だ。アラベラはゆっくりと入っていった。ジェラルディーンのことを尋ねるのは容易なことではないが、きかないわけにはいかない。「タイタス……」次の言葉が出る前に彼に抱きしめられた。

「ダーリン、愛してるよ。ぼくは初めからずっと愛していたんだ。それなのになかなか気がつかなかった。ジェラルディーンを愛したことなど一度もないよ。君がおせっかいをやいて、ぼくを彼女に押しつけなかったら、君にもそれがわかったはずだ。それから、ぼくがオランダへ行ったのは、アルドリックのお母さんが脳卒中で倒れたからだよ」彼はアラベラを見下ろした。「さあ、どうだい、ダーリン?」

「わたしもあなたを愛しているの……。それにわたしは、どうもひどいやきもちやきらしいわ」

「それを治す方法ならいろいろあるよ」

夕食を知らせに来た忠実なバターが、静かに戻っていったことに二人とも気がつかなかった。

やがてタイタスが言った。「ぼくはこの日を一生忘れないよ」

「わたしもよ」アラベラは彼にキスした。


一年後にアラベラはその日のことを思い出しながら、広げた手紙を片手に持ち、乳児をもう一方の腕にかかえて窓際の椅子に座っていた。「彼はもうすぐ帰ってくるわよ、おちびさん。さあ、聞いて」

彼女は声を出して、小さな息子にも聞こえるように読み始めた。小さな耳には理解できない言葉だったのだが……。

愛する人へ
この手紙が君の目に入るころには、ぼくは家路についている。君と会えなくて寂しかった……この一週間がいつまでたっても終わらないように思えたよ。君と坊やが応接室でこれを読む姿が目に浮かぶ。ぼくの想像は当たっているかな？　君に会える日が待ち遠しい。

大事な患者が、いつも遠方にいるときにかぎって病気になるのはなぜだろう？　彼は回復に向かっていて来週中に戻るから、ぼくも君たちのそばにいて彼の治療ができるはずだ。

飛行機が何時に到着するかわからないが、できるだけ早く君のところに戻るよ。

君を愛するタイタスより

●本書は、1997年4月に小社より刊行された作品を文庫化したものです。

地下室の令嬢
2020年12月15日発行　第1刷

著　　者／ベティ・ニールズ
訳　　者／江口美子（えぐち　よしこ）
発 行 人／鈴木幸辰
発 行 所／株式会社ハーパーコリンズ・ジャパン
東京都千代田区大手町1-5-1
電話／03-6269-2883（営業）
0570-008091（読者サービス係）

印刷・製本／図書印刷株式会社

表紙写真／© Sven Hansche | Dreamstime.com

ISBN978-4-596-41389-5

11月21日発売

ハーレクイン・シリーズ 12月5日刊

ハーレクイン・ロマンス

愛の激しさを知る

海運王とかりそめの新妻 シャロン・ケンドリック／山本翔子 訳

愛の灯火はクリスマスに キャロル・マリネッリ／若菜もこ 訳

夢の一夜がくれた天使 ルイーズ・フラー／さとう史緒 訳
《純潔のシンデレラ》

禁断のなぎさ アン・ウィール／岸上つね子 訳
《伝説の名作選》

ハーレクイン・イマージュ

ピュアな思いに満たされる

ガラスの靴のウエイトレス スーザン・メイアー／清水由貴子 訳

白衣に秘めた恋心 キャロル・マリネッリ／片山真紀 訳

ハーレクイン・マスターピース

世界に愛された作家たち
～永久不滅の銘作コレクション～

孤独の中から ペニー・ジョーダン／大林日名子 訳
《特選ペニー・ジョーダン》

ハーレクイン・ヒストリカル・スペシャル

華やかなりし時代へ誘う

知られざる公爵夫人 エリザベス・ビーコン／藤倉詩音 訳

花嫁の持参金 スーザン・スペンサー・ポール／永幡みちこ 訳

ハーレクイン・プレゼンツ作家シリーズ別冊

魅惑のテーマが光る極上セレクション

小公女の恋 ヴァイオレット・ウィンズピア／宮崎真紀 訳

スター作家傑作選
クリスマス三都物語
愛と浪漫のロンドン、パリ、セビリア——
ロマンス界の三傑が贈る、
X'mas短篇集！
11/20刊
ミシェル・リード
ヘレン・ビアンチン
ペニー・ジョーダン